拾光集

华表 著

清华大学出版社
北京

版权所有，侵权必究。举报：010-62782989，beiqinquan@tup.tsinghua.edu.cn。

图书在版编目（CIP）数据

拾光集 / 华表著. —北京：清华大学出版社，2023.11
ISBN 978-7-302-64866-6

Ⅰ. ①拾… Ⅱ. ①华… Ⅲ. ①诗集－中国－当代 Ⅳ. ① I227

中国国家版本馆 CIP 数据核字（2023）第 202871 号

责任编辑：杨爱臣
封面设计：华健心
责任校对：王凤芝
责任印制：丛怀宇

出版发行：清华大学出版社
　　　　网　　址：https://www.tup.com.cn，https://www.wqxuetang.com
　　　　地　　址：北京清华大学学研大厦 A 座　邮　编：100084
　　　　社 总 机：010-83470000　　　　　　　邮　购：010-62786544
　　　　投稿与读者服务：010-62776969，c-service@tup.tsinghua.edu.cn
　　　　质量反馈：010-62772015，zhiliang@tup.tsinghua.edu.cn
印 装 者：涿州汇美亿浓印刷有限公司
经　　销：全国新华书店
开　　本：145mm×245mm　　印　张：37.75　　字　数：371 千字
版　　次：2023 年 11 月第 1 版　　印　次：2023 年 11 月第 1 次印刷
定　　价：198.00 元（全二册）

产品编号：100432-01

序一

朱育和
原清华大学校长教学顾问
原清华大学历史系主任
清华大学教授

华表把他即将出版的诗词《拾光集》拿给我看，我很高兴。我认识华表有二十多年了，当年我做清华大学历史系主任时他在历史系任教，我们所处关系非常融洽。历史系和美术学院跨学科合作，培养过一位日本友人在清华大学修读博士，华表是博士生导师之一，那时我对他的印象就很好，他为人爽快、舒朗；直率、真诚；大度而热情，"粗中有细"接地气，"细中有粗"把大局，善做善成是他的做事风格，"做事猛如虎，事了闲赏花"，是他的生活情态。

拿到他最新的400多首诗词，我高兴看到清华大学有这样一位把思想政治理论与艺术、书本知识与社会生活、严谨学术与浪漫诗性相融合的历史学者。我知道他在教学中率先发起教学改革，他"学历史搞创作"的创造性教学一直开展了10年，为清华大学政治思想理论课的建设发展提出了很多建设性意见，成绩斐然。

在他担任国杰老教授科学技术咨询开发研究院副院长后，我们有了更多的交往，这次看到他即将出版的又一本诗词集，深深感到难能可贵，因为这些作品都是他利用碎片时间诸如坐高铁、乘飞机出差和工作间隙创作的。从内容上看，这本诗词集是全方位多角度的展示了他的思想、工作和生活，情理交融，不少诗词都富有哲理和艺术性。

说实话，我对诗一知半解，作为一名读者，我的感受是这些诗词虽然是华表的个人阅历和体悟，他诗词中所表达的家国情怀、生活哲理、亭台雨轩、交通阡陌、阳光花草这些万千气象，使我们陶醉其中。朱光潜先生认为，诗是人类最早的记忆、本能，"原始人类凡遇到值得留传的人物事迹或学问经验，都用诗的形式记载出来。"人何以要"唱歌作诗"是因为人生来就有情感、诗性，而表现情感适当的方式是诗歌。诗，既是人类最淳朴最自然的生活体现，又是人类追求理想和审美的本真体现，它集中地表现了社会生活和人类精神。从诗的功能上看，它兼具理想性和批判性，理想是"扬善"，高扬人类之善、历史之善、发展之善、未来之善，而批判是"惩恶"，鞭挞现实之恶、腐朽之恶、僵化之恶。这也在华表的这本诗词集里得到体现。

我们国家是一个诗的国度。据传春秋时期流传下来的诗就有3000首之多。它所反映的是周王朝奴隶制时期全景的社会生活，在动植物、天文、地理、建筑、爱情等歌颂自然和生活的方方面面均有涉及，亦有不少篇幅是对先祖创业的颂歌，祭祀神鬼的乐章，还有记录贵族之间的宴饮交往，劳逸抒发的怨愤。最早的诗歌总集《诗经》有诗311首，全称"诗三百"，分为"风""雅""颂"三部分，集中反映华夏先民劳动、狩猎、恋爱、婚姻、社会习俗等方面的感人、悦人篇章。同时代的西方荷马史诗亦是如此，其丰富深刻的思想内容和独特精湛的艺术特色，决定了它作为古希腊文化百科全书的历史地位，因为那里有"关于天文、地理、历史、社会、哲学、艺术和神话的一切知识"。文化是一个国家民族的根和魂，诗又是中华优秀传统文化重要组成部分，我们需要从诗中吸取丰富营养，坚定文化自信，促进中华民族的伟大复兴。

华表的新诗带给我的另一份感受，是在当前快节奏的生活中，受市场经济大潮的冲击，我们生活中难免出现以机械理性（物欲权衡）

代替生活感性，理想信仰被视为"无用"，愤世冷漠代替关怀热情，真挚情感被嘲笑。这样一种片面地把功利当作"理性"的现象是要摒弃的。我们要寻找生命中像太阳一样宝贵的东西，做一个有理想、有信仰、自然而纯粹的人，重温"苟利国家生死以，岂因祸福避趋之""人生自古谁无死，留取丹心照汗青""采菊东篱下，悠然见南山""竹喧归浣女，莲动下渔舟""大漠孤烟直、长河落日圆"的意境，培育深刻的生命智慧和健康的生活态度。让诗词在人文和历史中发挥其感性、自然、即兴之特性，为我们呈现一份纯粹的真正的真善美，一份值得追随的"人的自由而全面发展"的理想目标。

特奉以上文字，以此为序。

序二

杜大恺
清华大学文科资深教授
清华大学张仃艺术研究中心主任
清华大学书法研究所所长
文化部文化艺术发展促进会公共艺术院院长

华表的第一首诗写于1976年，自此以后，他笔耕不辍，相继有五十七年，累积写诗1120余首，出版《善斋集》《荷清集》《拾光集》三本诗集。他的第一首诗，其实是词《忆秦娥·中学毕业》，词中心寄豪情，但四顾茫然"不知路在何方"，他如今的历史学家和诗人的身份，诚哉是当时的他不期而至的，但以诗"记录生活"华表或于那时即已心定。

华表人极旷达，爽直诚朴，心无芥蒂，我与华表过从甚密，情谊深厚，但他会写诗，却是近几年才知道的，更为其写诗的热情感到惊讶，现今写诗的人少了，写旧体诗人更是少之又少，华表俨然一个特例。

华表的诗体例很杂，四言、五言、七言，有时长短不限，如乐府歌行，也常写词，偶或还写白话诗。华表的诗如其人，不拘一格，随兴而为。古人说"诗言志"，"诗如其人"对照华表和华表的诗，我信焉。

华表的诗多半因其所见所闻，心有所动，不吐不快，发而为诗。华表的诗里有亲情、友情、乡情、同窗情、师生情、四时明晦、花开花落、时世沉浮、家国情怀、春秋大义，凡人间事，皆在其诗中呈现。华表是一个热爱生命的人，读他的诗如同与其啜茗饮酌，有一个活脱脱的人在你眼前。

我身旁仍在写诗尤其写旧体诗的人除我弟弟，仅华表一人，我与诗词久已隔膜，华表嘱我为序，我不知说什么，尤其对他的诗的评价我无话可说，唯信其生仍有年如其所说"常使诗心藏岁月"，今后仍将会不断有新的诗集问世，我殷殷以待。

自序

《拾光集》是我的第三部诗集。出版第一部诗集时，我在清华大学马克思主义学院任教，学院设在清华大学善斋楼，故而诗集起名为《善斋集》；第二部诗集出版时，我居住在清华大学教师宿舍荷清苑，因此取名《荷清集》；第三部诗集行将出版，我已退休，承科技部一家研究院聘请做事，办公地点在清华科技园学研大厦，之前考虑仍以所处生活工作场所为名，简单且成"系列"，索性叫《学研集》。事后想，我这部诗集记录的主要是退休后的生活，多是闲适轻松的即景抒怀、物我絮语、生活掠影，感念岁月，记人记事的随笔，完全没有了"学研"味道，反倒对岁月、光阴有了更多更深的感悟，岁月更迭如梭，光阴就更加可贵，于是定名《拾光集》。

拾光的字面意思是拾起光阴，回想以前，珍惜时光，欣赏当下。我更看重这个"拾"字，准确说是"捡拾"。拾是我对生活价值的选取；捡是我对生活情趣的找寻。我捡拾了诗集里的那些稍纵即逝的东西，不拾不捡，那些生活的片段也就顺着时光流逝掉了。欧阳修在《采桑子》中说过："老去光阴速可惊。鬓华虽改心无改，试把金觥。旧曲重听。犹似当年醉里声！"我拾过去也捡现在。明朝学士李梦阳也说，"夫诗者，天地自然之音也。今途鼓而巷讴，劳呻而康吟，一唱而群和者，其真也，斯之谓风也"。诗，是天地自然的声音。当今路途上唱的，街巷里歌的，劳作时哼的，快乐时诵的。一人唱而大家和，这是真正的诗。这是我，是我用诗捡拾的时光。

我的这部诗集还是与过去一样，是一种生活习惯抑或是一种生活态度，习惯以诗记事，用一种姿态对待生活。我很少用整块时间去创作，多是社会活动，会议出差，节庆假日，礼仪庆典等活动，或等车，或候机时即时而作，即兴而成。平日里这些诗就"发表"在微信朋友圈里，久而久之诗攒的多了，迫使着自己又得发表。从第二本诗集出版到现在已经过去七年，积压的诗有四百多首，恐怕又得出版上下合集了。

在以诗记事的过程中，诗带给我快乐，带给我思维的理路和创作的意趣，让作品情与理交融、感性与理性一体，意境与哲理统一，日子与过日子合拍：寒对暑，日对年，年复又一年；歌婉转，貌婵娟，一事亦缠绵。吟中咏，授中传，叙语绕腮边；诗寓礼，卦中爻，叙事依基调。歌伴舞，笑带嘲，友聚似神交。风入松，荇入荷，樵唱伴渔歌。疏中密，朴中华，笔墨纸上花；臣对子，帝对王，金榜架栋梁；人老老，我卿卿，晓燕对春莺；功成业，性孕情，言多不如行。这些，成了我诗词创作的意趣和内容。我习惯用平实的笔触，记录山川江河的绮丽，描写人情世故的风华。

回首几十载风风雨雨我与诗结缘相伴，还当少年时，随性迸发出的打油诗（见《善斋集》），到现在能够于平仄格律上下功夫，做到游刃有余，随手拈来或诗或词，或古体或自由体。我觉得能够阐明我诗主旨的是四个字——赤子之心。王国维说："词人者，不失其赤子之心也。"我理解赤子之心，包含两点，一是内心纯善，二是孩童般热诚，前者是为人之善心，后者是为诗之初心。爱诗的种子早在年少时隐约播下，那时稚嫩，诗词的创作是随性的，但正是这少年的种子孕育了现在的我、我的诗，而这全部所呈现的是我对诗词的热爱，对生活的热爱，对亲人朋友的热爱，对劳动者的热爱，对国家和人民的热爱。这种爱是大爱，我愿大爱无疆。

应该看到，诗歌的生成和表达属人类的一种生活范畴，体现了劳动者理想性、艺术性和实践性的合一，是真善美的文化再现。马克思在《1844年经济学哲学手稿》中说过，人要实现精神的自由和解放，就必须"按照美的规律来塑造"。同时，诗包含了向哲学趋同的倾向，它克服了历史的局限，为哲学在更高层次上的求证提供了经过初步加工的、具有一定普遍意义的素材。这，也是我持续创作的初衷和动力。

我懂，"闻道有先后，术业有专攻"。自己在写作技巧、语言运用、诗意表达等方面，还有提高的空间。在此，也请广大读者唱和、互动、交流和指正。

《拾光集》成集，幸得清华大学教授朱育和、清华大学资深教授杜大凯作序；清华大学教授华健心设计诗集封面；清华大学教授张夫也题写书名；清华大学校友也是我的侄女华眉插图。清华大学出版社及杨爱臣责任编辑一直以来给予的帮助与支持。对此，深表谢意。

这本诗集，是我人生一个时段生活片段的记录，在此，以公开发表的方式奉献给大家，若能得到读者的喜爱，于我是十分欣慰的事。惜时赋心句，四季陶性情。

目　录

上　册

行香子·七夕忆海 ·· 1

瑶台月·天伦南戴河 ·· 2

新荷叶·庆生
　　——为学生许英生日作 ·· 3

水调歌头·送犬子华一
　　——暑假结束返异国读书 ··· 4

唐多令·我师乐苏 ·· 5

卜算子·教师节 ·· 6

点绛唇·秋分暨首届丰收节感 ··· 7

忆帝京·秋分 ·· 8

水调歌头·中秋 ·· 9

七律·西行偶记 ·· 11

踏莎行·到秦岭神禾塬 ··· 12

桂枝香·自西安返京路停郑州 ··· 13

七律·贺新婚
　　——赴河南为刘承昊司彤新婚证贺 ···························· 15

七律·新婚致喜
　　——记学生刘承昊司彤新婚 ······································· 16

五言排句·出行临归 ·· 17

漱玉词·重阳 ·· 18

临江仙·潞河学子聚清华 ··· 19

水调歌头·立冬 ………………………………………… 21
七绝·无题 …………………………………………… 23
行香子·抵东京 ………………………………………… 24
解语花·到金泽 ………………………………………… 25
蝶恋花·东京返北京 …………………………………… 26
拟普天乐·送妻子探儿郎 ……………………………… 27
七律·预祝母寿 ………………………………………… 28
瑞鹤仙·拜寿慈母 ……………………………………… 29
虞美人·彼岸妻儿感恩节 ……………………………… 30
七律·南行 ……………………………………………… 32
月中行·往桂东过醴陵 ………………………………… 33
玉梅令·到桂东 ………………………………………… 34
少年游·大雪抵浔阳 …………………………………… 35
水龙吟·到共青城 ……………………………………… 36
青玉案·庐山临雪东林寺 ……………………………… 37
吊恩师殿中刘老 ………………………………………… 38
锦缠道·改革开放 40 周年纪念大会感 ………………… 42
七律·冬至离家马上催 ………………………………… 43
七律·到波士顿看娃 …………………………………… 44
拟七绝·落日抵新奥尔良 ……………………………… 45
无题 ……………………………………………………… 46
忆帝京·赴新奥尔良恰遇圣诞节 ……………………… 47
临江仙·奥尔良平安夜话 ……………………………… 48
与海的对话
　　——新奥尔良游记 ………………………………… 50
浣溪沙·元旦 …………………………………………… 55

七律·元旦悦感
　　——居大洋彼岸望故乡元旦 ·············· 56
蝶恋花·波士顿别儿回国 ·············· 57
浪淘沙·别波士顿 ·············· 58
七古·木末赏木 ·············· 59
武陵春·期末乐
　　——讲座 ·············· 61
七古·蔡华抵瓯越 ·············· 62
鹊踏枝·向龙泉 ·············· 63
水调歌头·庆生 ·············· 64
诉衷情·祝寿拜年 ·············· 65
玉楼春·别戊戌迎己亥新春 ·············· 66
浪淘沙令·逍遥游 ·············· 67
七绝·苏南行雪 ·············· 68
七律·雪映蠡水 ·············· 70
七绝·马日谱新 ·············· 72
眉峰碧·元宵前夜思 ·············· 73
小重山·开学五教第一课 ·············· 74
七古·抵内蒙古偶感 ·············· 75
长寿乐·生日 ·············· 76
七律·下杭州 ·············· 77
清明祭父坟 ·············· 78
鹧鸪天·京北山野 ·············· 80
临江仙·抵粤西南 ·············· 82
七律·过常州 ·············· 83
昼锦堂·到瘦西湖 ·············· 84

七律·到镇江 …………………………………… 86
映山红·到无锡 …………………………………… 87
燕归梁·参加吾儿博士毕业典礼 ………………… 88
七律·跃龙门
　　——写在吾儿法律荣誉博士毕业前夜 ……… 89
七律·贺儿郎
　　——记赴波士顿大学参加吾儿博士毕业典礼 … 91
鹧鸪天·赴唐吟 …………………………………… 92
五言绝句·画瓷 …………………………………… 93
七绝·作业迎国庆 ………………………………… 94
父亲节感
　　——吾儿父亲节赠画并大洋彼岸送鲜花致问候，为吾儿赠诗 … 95
七律·芒种觅轻旅 ………………………………… 97
七律·仲夏相聚 …………………………………… 98
七律·七条汉子乐怡园 …………………………… 99
七古·抵青田 ……………………………………… 101
七律·蓉城行 ……………………………………… 102
七律·又西宁 ……………………………………… 103
行香子·青海碧天 ………………………………… 104
临江仙·到贵德 …………………………………… 105
浪淘沙·南戴河 …………………………………… 106
水调歌头·青海返又南戴河 ……………………… 107
水调歌头·讲学 …………………………………… 108
陋学铭
　　——昨讲座感 ………………………………… 109
水调歌头·迎发小聂磊回国省亲 ………………… 111
致吾儿华一同学三十岁生日 ……………………… 112

七律·向鄂尔多斯 ··· 116
临江仙·踏歌
　　——记达拉特旗龙头拐沙河漠滩游 ·································· 117
蝶恋花·沙漠游记 ··· 118
江城子·到草原 ·· 119
七律·蒙古包 ·· 121
小重山·携老母与友自内蒙古返京 ······································· 122
口占一绝·向中州 ··· 123
鹊桥仙·校友中州会 ·· 124
小重山·独酌中州 ··· 125
永遇乐·往信阳 ·· 126
江城子·登鸡公山记 ·· 127
蝶恋花·上鸡公山逢七夕 ·· 128
沁园春·到鄂豫皖苏区诸纪念地 ·· 129
醉花阴·旅信阳红安逢立秋 ·· 131
成雁南飞
　　——记吾儿学成赴职 ·· 132
相见欢·观骆芃芃师生篆刻展 ··· 133
临江仙·清秋不轻 ··· 134
五言·提壶探源 ·· 135
七古·西山三叠
　　——送聂晶回温村 ·· 136
虞美人·迎夫人抵京 ·· 137
苏幕遮·三堡论坛 ··· 139
香草之雾
　　——值此教师节之际谨献给我的同仁 ······························· 140

七绝·中秋思子 ………………………………… 145
七律·小恙月下思 ……………………………… 146
临江仙·"祖国万岁"展览开幕式 …………… 147
水调歌头·潞河同窗观展 ……………………… 149
念奴娇·"祖国万岁"展开幕式 ……………… 150
相见欢·发小观"祖国万岁"展 ……………… 151
诉衷情·同窗共飨教学成果展——"祖国万岁" … 152
水调歌头·到武夷山 …………………………… 153
七古·游武夷走建阳 …………………………… 154
浪淘沙·国庆前夕品南平建盏 ………………… 155
玉人歌·国庆 …………………………………… 156
满路花·南平向溧阳闲笔 ……………………… 157
五律·夜泊长荡湖 ……………………………… 159

浪淘沙·圆满
　　——祝"祖国万岁"学生作品展圆满结束 ……… 160

采桑子·又重阳
　　——记清晨由同学群之同学感慨而慨 ………… 161

浣溪沙·江汉好个秋 …………………………… 162
七律·双十不拾 ………………………………… 163
七律·赴宁夏 …………………………………… 164
临江仙·黄花枸杞葡萄行 ……………………… 165
七律·师生重聚 ………………………………… 166

七律·饯行
　　——为弟子归程下厨设宴 ……………………… 167

声声慢·大地之子
　　——观清华美院董书兵甘肃瓜州大地之子雕塑作品感 ……… 169

七律·证贺张然薄洁新婚

　　——记为同窗之子新婚 做证婚人……………………170

七律·又见木芙蓉……………………………………………171

鹧鸪天·聚品东湖……………………………………………172

江城子·武汉会友往洪湖……………………………………173

踏莎行·湘游湘问……………………………………………174

新荷叶·祝母寿………………………………………………175

七律·又诗贺母寿诞…………………………………………176

浣溪沙·叶

　　——清华园秋末感……………………………………177

七律·南行冬至………………………………………………179

小重山·夏溪园冬……………………………………………180

虞美人·乘船往冲绳…………………………………………181

随笔

　　——录东海浪…………………………………………182

浪淘沙·夕阳也扬帆…………………………………………183

水龙吟·抵冲绳………………………………………………184

江城子·靠岸冲绳说琉球……………………………………185

谢池春·会稽迪荡阳明行……………………………………186

七律·东西文化交流

　　——记俄罗斯学者访谈………………………………187

念奴娇·抵北海道

　　——证华氏三兄弟同游北海道………………………189

沁园春·北海道行……………………………………………191

离亭燕·北海道掠影…………………………………………193

卜算子·北海道归乡…………………………………………194

青玉案·提梁壶 195
沁园春·拜谒项羽故里 196
也琵琶行 198
八声甘州·看庐山西海 200
江城子·雪 201
七言绝句·冬日暖阳 202
临江仙·导师组平安夜抚吾母畅聚值健心生日 203
一剪梅·一堂和气 204
我与你同在
——贺新年 205
沁园春·元旦夜 209
沁园春·饺子宴 210
水调歌头·小寒 211
七律·己亥年小寒独感 212
行香子·春饼亦酌 213
七律·接风忆长滩 214
望远行·越洋看儿 215
七律·临新冠读《送瘟神》 216
临江仙·乙亥除夕前夜 217
西江月·鼠年三十拜大年 219
水调歌头·庚子元宵 220
临江仙·清华学堂庚子年
——记清华大学2019—2020学年春季学期第一堂课 221
沁园春·观候鸟 Middle Creek 慨 222
蝶恋花·感帝王花书赠启蒙老师王淑娟 223
七律·海外旅居生日感 225

水调歌头·生日自嘲 ……………………………………………226
满江红·回国 ………………………………………………227
相和歌辞·樱花赋
　　——观武汉大学樱花图片有感 ……………………229
念奴娇·樱花叹
　　——观武汉大学樱花图片又感 ……………………231
临江仙·致抗疫勇士
　　——赠吾研究生都广燕同学 ………………………232
南乡子·自纽约回国隔离感 ……………………………233
水龙吟·奇遇
　　——记被隔离线上授课 ……………………………234
南乡子·美泉宫酒店隔离再慨 …………………………235
鹊踏枝·清明泪
　　——新冠隔离遇清明无法脱身网上祭慈父 ………236
七言绝句·"九头鸟"
　　——诵我之第二故乡人 ……………………………237
江城子·妻健心天津隔离结束返家感 …………………239
沁园春·回家
　　——自纽约回京被隔离期满归家记 ………………240
定风波·松绑
　　——隔离解禁朋友为我接风压惊记 ………………241
鹧鸪天·以茶洗尘 ………………………………………242
永遇乐·"五四"感 ………………………………………243
七言绝句·立夏 …………………………………………244
七古·九江行 ……………………………………………245
七古·夏至逢父亲节思父 ………………………………246

七绝·端午……247
江城子·荷塘至运河……249
江城子·老夫驾三轮车感……250
水调歌头·观《苦干，中国不可战胜的秘密》纪录片感……251
永遇乐·经青岛至海阳……252
采桑子·日昇天红……253
少年游·儿子生日感……254
浪淘沙·南戴河……255
石芳华园铭……256
七律·踏荆布新……257
七言绝句·庐山邀友会事……258
七律·秋来杂赋……260
水调歌头·千里之行始于足下
——贺经典老爷车观展暨老式汽车文化研讨会成功举办……261
七古·观车展……263
七律·半壶酒
——为某酒业集团创制"半壶酒"而作……264
七律·南郊行……265
菊泪
——主席祭日，怀念毛泽东……266
高阳台·始于足下
——记再观经典车共议中国造……267
荷清苑歌
——仿唐寅《桃花庵歌》……268
五律·鹫峰行礼
——记邱总部封顶仪式……269

下　册

七律·连江往余姚 ································· 271

忆江南·到余姚 ··································· 272

寿楼春·到东阳 ··································· 273

满庭芳·闽越琐忆 ································· 275

水调歌头·国庆中秋合璧 ··························· 276

风入松·到十堰 ··································· 277

满江红·塞外行 ··································· 279

渔家傲·西行漫记 ································· 280

七律·黄河楼 ····································· 281

满庭芳·到黄河大峡谷 ····························· 282

望海潮·到贺兰山 ································· 283

采桑子·重阳 ····································· 284

雁栖赋
　　——我清华马院教师雁栖湖游记 ················· 285

鹧鸪天·重逢 ····································· 288

七律·庆典
　　——贺国杰研究院建院20周年 ···················· 289

水调歌头·拜谒西柏坡 ····························· 290

鹧鸪天·老来聚 ··································· 291

蝶恋花·老一辈教授与硕士支部联合组织生活会 ········ 292

七律·初冬采枫 ··································· 293

七律·初冬游山房引忆两年前旧踪 ···················· 294

七律·出行 ······································· 295

七言绝句·寒衣丹 ································· 297

七律·闲思 ·· 298
临江仙·雪伴饺 ·· 299
临江仙·宾朋满堂贺母寿 ······························ 300
临江仙·家宴祝母米寿 ································· 301
念奴娇·海南议事 ······································· 302
七律·饯行亦扬帆 ······································· 303
风入松·贺陈汉民先生九十寿辰 ···················· 304
鹧鸪天·重聚
　　——师生三十年家宴记之 ······················· 305
诉衷情·导师聚 ·· 307
鹊桥仙·贺健心生日 ···································· 308
玉楼春·元旦 ··· 309
拟七言绝句·图题
　　——为华健心生肖画题 ·························· 310
七言绝句·雪 ··· 311
忆帝京·腊八 ··· 312
醉春风·运河酿春 ······································· 313
汉春宫·立春 ··· 314
一剪梅·小年 ··· 315
过得小年忆少年 ··· 317
临江仙·除夕守岁迎牛年 ······························ 318
卜算子·牛年大年初一 ································· 319
一丛花·大年初二 ······································· 320
鹊桥仙·情人节说情 ···································· 321
西江月·初四师生朱家聚 ······························ 322
永遇乐·破五
　　——记土生府上做客 ····························· 323

踏莎行·元宵节 ··················324

浪淘沙令·脱贫
　　——观脱贫表彰大会有感 ··················326

迷神引·南下又楚汉 ··················327

七律·黄鹤又浔阳 ··················328

七律·八里湖师生之约 ··················329

临江仙·生日前夜 ··················330

拟蝶恋花·二月二 ··················331

五律·南下六渡证婚行 ··················332

七律·贺石鸣鹿雨薇新婚 ··················333

满庭芳·贺常老九十寿诞 ··················334

七律·拜谒陆羽 ··················335

江城子·南行 ··················337

临江仙·合力共青城 ··················338

沁园春·拜谒陈寅恪祖宅 ··················339

望海潮·泛庐山西海 ··················340

鹧鸪天·概九江共青城行 ··················342

鹧鸪天·芙蓉城里尽朝晖 ··················343

贺新郎·青年节 ··················344

凤求凰·母亲节往萍乡 ··················346

诉衷情·说历史论英雄 ··················347

七律·风谲云诡赏晚舟
　　——读长诗《致敬孟晚舟》感 ··················348

七律·福州往广州 ··················349

阮郎归·聘超纲 ··················350

七律·悼袁公隆平 ··················351

齐天乐·周末参加学生活动并做点评 ··················352

七律·到灵丘
　　——记国杰研究院一行赴灵丘考察 ········ 353
临江仙·到平型关 ································ 354
采桑子·忆
　　——记喜得高考准考证 ···················· 355
采桑子·端午
　　——读屈子有感 ····························· 357
父亲节致父亲 ·· 358
诉衷情·别
　　——又记一年毕业季 ······················· 361
念奴娇·颂百岁华诞
　　——观中国共产党成立100周年纪念大会 ······ 362
水仙子·光荣与使命
　　——感夫人及其导师陈汉民；老师周令钊、陈若菊；同学何杰参与设计党和国家重大项目"七一"勋章 ······ 363
临江仙·桂林甲天下
　　——记参加中国化石爱好者大会 ········· 364
浣溪沙·漓江游 ··································· 365
五言·听得六弦忆少年 ·························· 366
沁园春·考察红寺堡 ····························· 368
踏莎行·黄河折弯沙坡头 ······················· 369
七律·草原行 ······································ 370
风入松·立秋日郊野行 ·························· 371
临江仙·七夕 ······································ 372
鹧鸪天·教师节感 ································ 373
桂枝香·中秋前夜聚 ····························· 374
满江红·秋雨探访常沙娜先生 ················· 375

少年游·重阳节书赠李庆华董事长
　　——记盖天力医药控股集团后援我院慰问院士及老教授
　　共度重阳节 ································· 376

七律·到南阳 ······································ 377

七律·书赠博士弟子大婚 ····················· 379

五言长诗·望游子
　　——观王洛宾专题片感 ················· 380

乌夜啼·立冬逢雪 ······························· 382

五绝·雪后清华园 ······························· 383

桂香枝·清华园漫步散语 ····················· 384

七律·小雪待老友 ······························· 385

踏莎行·感恩节 ·································· 386

七律·品肆拾玖坊感创始人故事 ··········· 387

七绝·画虎
　　——为冠英绘虎年生肖画而题 ······· 388

华清引·到北京湖边草书店 ·················· 390

江南弄·自京经汉抵浔又江南 ·············· 391

平安夜与健心生日书
　　——写于妻子生日前夜 ················· 392

七绝·哭少年
　　——观《卓娅》影片感 ················· 395

诉衷情·二零二二新年献词 ·················· 396

诉衷情·忆知青
　　——观《解密知青》影片感 ·········· 397

七律·丹青会友
　　——记邀宏剑夫也兄雅会 ············· 398

贺新郎·五十年一聚 ···················· 400

七律·雪后潞河	
——念母校	401
雪花飞·小年	402
满江红·辛丑除夕	403
鹧鸪天·壬寅大年初一	404
诉衷情·挚友聚初三	405
瑞鹤仙·虎年初六又南行	406
冰雪	
——观《冰雪之美》感	407
七古·路	
——重听《送女上大学》	408
南乡子·百望春雪	410
七律·生日	411
七古·归之雁	
——观候鸟南飞抵昆明湖感	412
七律·清明扫墓	413
浪淘沙·清明	414
打油诗·老家在东北	415
山居春暝	416
七古·臆想寒江独自钓	417
临江仙·三家聚谷雨	418
七律·谷雨雅集	420
清华春暖遍花香	
——记清华大学建校111周年校庆暨1982届大学生毕业40周年	421
七古·春踏圆明园	425

七律·端午	426
七律·到木渎	427
渔家傲·老来论少年	
——回信小学同学王丽	428
临江仙·向草原	
——记呼伦贝尔行（1）	430
水调歌头·呼伦贝尔向额尔古纳河	431
画堂春·到室韦	432
鹧鸪天·中俄边境室韦口岸向黑山头口岸	433
西江月·草原大北边疆行	434
七律·再见！呼伦贝尔	435
水调歌头·摩托复斜阳	436
鹊桥仙·今年七夕	437
西江月·聚	
——记为聂晶同学回国接风	438
鹧鸪天·初秋到野鸭湖	440
水调歌头·登海坨山	
——记登延庆高山滑雪及雪橇滑板项目冬奥园	441
江城子·忧忧我思	
——记戒烟百日	442
七律·白露	443
好事近·壬寅教师节巧逢中秋	444
桂枝香·壬寅中秋	445
七律·壬寅年中秋教师双节聚会	446
水调歌头·九月十二日慕薄校长家宴	447
水调歌头·逆向贺兰山	448

临江仙·赴高青·· 450
风入松·泸湖零碳村
 ——记赴淄博市高青县调研考察并与人民政府战略合作······ 451
相见欢·随凤昌副校长看望常沙娜老院长（其一）·········· 452
相见欢·随凤昌副校长看望常沙娜老院长（其二）·········· 453
五律·青绿
 ——为芦湖"绿意青情零碳村"所作························ 454
定风波·重阳·· 455
风入松·"绿意青情"零碳村
 ——记山东省高青县首个零碳村建设启动仪式············ 456
洞仙歌·零碳村
 ——记零碳村建设专家论证准备会························ 457
水龙吟·祝母亲九十寿诞····································· 458
迷神引·芜湖引凤凰·· 460
七律·观芜湖蒸汽机火车头制作坊博物馆有感··············· 461
七古·为友接风··· 462
沁园春·面条·· 463
七绝·烩饼··· 464
高山琴弦绝，愿效续典籍
 ——深切痛悼挚友吴冠英教授······························ 466
少年游·平安夜晚祈平安····································· 472
芙蓉曲·内子生日恰逢圣诞节································ 473
鹧鸪天·送冠英
 ——记八宝山遗体告别兼用法国作曲家 Michel Colombier
 《上帝与我们同在》送冠英一程·························· 474
青玉案·除旧布新
 ——元旦叙辞·· 476

水调歌头·玉兔送安福
　　——记华健心老师设计兔年生肖年画我为画题写对联
　　给大家拜年 ·· 477
西江月·兔年初一拜大年 ··· 479
相见欢·春晚
　　——观俄罗斯春晚感 ··· 481
少年游· 兔年初四在老师育和家聚 ······································· 482
复吸
　　——立春之日谨此献给广大复吸者 ································· 483
踏莎行·元宵节 ··· 484
临江仙·十五月亮十六圆
　　——记 2023 年正定招商大会 ··· 485
七绝·手擀面
　　——记阳春开工好吃面 ··· 487
扬州慢·下淮南 ··· 488
玉楼春·到寿州 ··· 489
鹧鸪天·春聚
　　——记与学校老书记老校长老学长院士及学兄学姐迎春会···490
南乡子·春抵香港 ··· 491
桂枝香·香江会
　　——记香港企业家清华大学校友联谊会 ······················· 492
哈，老华！
　　——写在 66 岁生日给自己 ··· 494
玉楼春·到绍兴 ···505
浣溪沙·喜
　　——为陈波夫妇双胞胎千金百天做嘉宾感言 ···············507

凤池吟·暮春织金洞 ……………………………………508
鹧鸪天·春看百里杜鹃 …………………………………509
水调歌头·到黄果树瀑布 ………………………………510
江城子·到遵义 …………………………………………511
渔家傲·到娄山关 ………………………………………512
唐多令·董酒 ……………………………………………513
鹧鸪天·到茅台镇 ……………………………………… 514
水调歌头·到深圳 ………………………………………515
诉衷情·观看话剧《春光明媚的日子》缅怀罗公家伦校长 ……516
水调歌头·十堰到武汉 …………………………………517
蟾宫曲·同行
　　——记我院离退休党支部与硕博学生党支部共同开展主题
　　党日活动 ……………………………………………518
阮郎归·夏日荷花初见红
　　——与幼儿园发小游圆明园 ………………………520
临江仙·仲夏赴临沂 ……………………………………521
七古·赴芜湖 ……………………………………………522
水调歌头·到武功山 ……………………………………523
小重山·别萍乡 ………………………………………… 524
致吾儿三十四岁生日 ……………………………………525
天涯若比邻
　　——为挚友庆华女儿李晓婷赴美留学送行作 ………533
满庭芳·七夕喜得孙女 …………………………………539

行香子·七夕忆海

南戴河旁，别样山庄。
倚蓝天，游兴徜徉。
鹭飞影湛，烟藻黎昌。①
遇七夕节，鹊桥会，相思长。

远远汀墙，寞寞诗行。②
忆当年，年少俊朗，
初登讲台，心乱突唐。③
今又重逢，共携手，历风霜。

——2018年8月17日七夕日于南戴河

注：① 黎昌，指秦皇岛市昌黎县，为押韵昌黎改成黎昌。
② 汀 [tīng]：水边平地，小洲。这里说面对水汀，我寂寞地一个人在七夕写诗。
③ 这是回忆当年我大学毕业刚任教时候的场景，那时候指点江山，激扬文字，何其年轻！
突唐，是为唐突倒置，为押韵脚用。

瑶台月·天伦南戴河①

昌黎南隅，沙滩浴，汀边谁见鸥鹭？
斑驳盛夏，弄影帆樯消暑。
眺螺岛，潮稳天蓝，婵媛美，② 遥窥兴举。
更酒肆，多欢语。
盘中蟹，虾鱼卤，开筵共赏，何虚此旅。

父子情，畅谈饱腹，忆往昔嗷嗷育哺。
幸诗书远志，忘却艰苦。
纵经年，紫罗平常，且喜看，功成不负。③
缥缃旧，人如故。
此别后，向何去。
西洋夜雨，相思遥祝。④

——2018年8月18日于南戴河

注：① 天伦南戴河，指此次游历南戴河是与妻子、儿子同游。儿子十年前即已出国留学，今年夏天回国探亲，合家才得天伦之乐，北戴河同游。

② 婵媛 [chán yuán]：即婵娟；姿态美好的样子。

③ 紫罗代指荣华。这句是说我儿在外求学多年，不忘诗书，辛勤攻读，取得博士学位。

④ 缥缃 [piǎo xiāng]，指书卷。缥，淡青色；缃，浅黄色。古时常用淡青、浅黄色的丝帛作书。最后一句化用李商隐"巴山夜雨"的典故，是说父子、母子分别后大洋相隔，彼此的相互思念，祝福，也许是在同样的雨夜，令人感慨。

新荷叶·庆生
——为学生许英生日作

八月二零①,师生共、聚与华庭。
发小同来,似入美境蓬瀛。
学生遇寿,众辉映、人杰地灵。
花鲜喜庆,风采今属英英!

卅五年经②,风霜与、光阴同行。
士农工商,不说利禄功名。
回说童小,顽皮样、耍拐捉虫。
今换人间,举酒共祝苍生!

——2018年8月19日于通州梨园

注:①8月20日为我学生许英生日。
②1983年的师生,已历经35年。

水调歌头·送犬子华一
——暑假结束返异国读书

荷园初秋影,丝藕路连长。
难留难送,时短相聚话焉详。①
纵有婆娑满目,心祝子行千里,脚步愈铿锵。
且看云天景,秋爽正苍茫。

半生忆,多倥偬,著文章。
晨窗吾咏,一刻孤独向谁觞。②
虽是前程锦绣,此后天涯父子,魂梦亦凄凉。
仍做深伏骥,桃李育花香。③

——2018年9月3日上午于首都机场

注:① 这里是说我儿华一暑假回国探亲,时间短暂,天伦之乐匆匆,他又要远行。

② 这是说我作为一名学者,半生治学著文章,结果老来仍然是一个人在清晨,对窗独自吟咏,孤独感油然而生,有哪一位老友愿意陪我举杯邀觞呢。

③ 这里化用曹操名句"老骥伏枥,志在千里;烈士暮年,壮心不已",是说我虽遇离别,却愿意留在此地,育播桃李。

唐多令·我师乐苏

云梦蔚烟霞，
银城我师家。①
绿野竹、鱼米香茶。②
自古有才湘楚地，
学问好，人品佳。

丝雪满双颊，
乐樵苏事暇。③
老黄忠、相较谁差。④
亦友亦师歌蔡老，
瞧桃李，满天涯。

——2018年9月10日于清华园

注：① 我导师故乡洞庭湖边益阳，洞庭古称云梦，益阳，别名"银城""丽都"，地处湖南省北部。清人周树荣有《益阳赋》："益水所经，水北曰阳，县以此名。"

② 益阳以"鱼米之乡""茶竹之香"著称，这里是说我导师老家风景如画。

③ 唐朝曹松所作《己亥岁二首·僖宗广明元年》："泽国江山入战图，生民何计乐樵苏。凭君莫话封侯事，一将功成万骨枯。"我疑心老师的名字"乐苏"就是化用此诗中"乐樵苏"的典故，不知是否？乐苏终归是个好意境：是淡泊、宁静亦致远，喜耕种，乐田园。

④ 这里以黄忠"宝刀未老"比喻我导师虽两鬓染雪，然仍笔耕不辍，学识渊博，品高聚友。

卜算子·教师节

九月清秋凝，
又是佳节到。
都论师恩比父母，
怎做精诚报。

立雪程门早，
领袖尊徐老。①
自古真情弥珍贵，
步统千年好。

——2018年9月10日教师节于清华园

注：① 这里是两个典故，一是"程门立雪"，宋代，一位有学问人，名杨时，他对老师十分尊重，一向虚心好学。"程门立雪"便是他一早来到老师门口，冒着漫天大雪等老师睡醒的一段佳话。另一个是说毛泽东尊师重道的故事，1937年1月30日，毛泽东在延安窑洞里，给正在陕北保安的徐特立写了一封贺信。全文如下："徐老同志：你是我二十年前的先生，你现在仍然是我的先生，你将来必定还是我的先生。"

点绛唇·秋分暨首届丰收节感①

霜满仓储,
华夏桂香风清露。
场院打谷,
金气秋分顾。

欢庆丰收,
当祈脚下土。
今盛事,
高层关注,
更恤农民苦。

——2018年9月23日中国首届丰收节于清华园

注:① 国务院决定在每年的秋分时令设立丰收节。今年是首届中国丰收节。

忆帝京·秋分

今年水木早霜吐，已过长风白露。
榴裸渐秋寒，燕与炉温护。
只有旧塘荷，片落泉声处。

正感慨，丰收当慕。
喜而看，稻香满布。
气爽清平，耕耘新路，不畏困苦镶玉汝。
野趣漫农田，四海升平富。

——2018年9月23日秋分节于荷清苑

水调歌头·中秋

天清水同色，万象合和高。
九州共爽，玉兔捧酒嫦娥姣。
良景佳人求并，都愿樽中醉趣，尽遣静孤寥。
自古多情处，心绪逐浪涛。

感襟怀，思今古，卷心潮。
离多聚少，人生一路似过桥。
望穿嫦娥冰雪，倾捧桂花酒美，四海尽妖娆。
相别不辞远，①团聚共逍遥。

——2018 年 9 月 24 日中秋节于清华园

注：① 相别不辞远，指远在海外的儿子，中秋该是团圆节，思念儿子是无远近的。

七律·西行偶记①

九月秋高觅闲暇,
公差短憩离京华。
蹉跎半世心常累,
岁月春冬颜渐差。

自题肖像怎论悔,
歌首诗词觅新茶。
请看西出长安道,
已映满眼芦荻花。

——2018年9月28日于西安

注:① 受朋友之邀,赴西安。

踏莎行·到秦岭神禾塬

神禾塬葱,
卧龙山麓。
秦岭于南北分处。
漫漫长阴岭上云,
萧萧千里夕阳暮。

姜尚北追,
太师归去。①
秦川自古多歧路。
长安君座十三朝,
沉浮荣辱身无数。

——2018 年 9 月 29 日于秦岭脚下神禾塬

注:① 相传殷纣王时,太师闻仲领兵攻打西岐。西岐为姜尚(姜太公)挂帅。首战,姜尚败阵负伤。遂搬来杨戬、金叱、木叱等将及白眉道人和十二大仙助战,大败闻仲。闻仲无奈,即回朝歌搬兵。不料又遇杨戬乔装樵夫为其指路,引闻仲直奔绝龙岭,将其用九龙火柱烧死,灵魂被引上封神台。此战即在神禾塬。

桂枝香·自西安返京路停郑州

长安道口。
正故友别匆,
依依挥袖。
高铁忙忙呼啸,
渭桥哪有。①
此番差历多仓促,
未清闲、
阳关轻酒。②
庆节家返,
唯心盛祝,
祖国金寿。

念"夕阳"、
香中是旧?③
看碧树趋凉,
秋寒滴漏。
旅舍今宵经此,
有谁相守。
文人不过书章事,
只留诗词伴华朽。④
郑溪黄土,
客居独自,

默然良久。

——2018 年 9 月 30 日于郑州

注：① 古诗有："长安渭桥路，行客别时心"，后人便常用"渭桥"代指临别告别的场所。

② 唐朝王维的《送元二使安西》有句：劝君更尽一杯酒，西出阳关无故人。这里借用代指未能与友人好好的话惜别。

③ "夕阳"，指夕阳楼。夕阳楼是郑州著名景点，古代八大名楼之一。清代王士祯《夕阳楼》：野塘菡萏正新秋，红藕香中过郑州。我现在的状态跟他差不多，也是正新秋，"过郑州"。2008 年 12 月，在郑州商城遗址城垣西南角警报山上发现了郑州夕阳楼残碑。

④ 这里是自我调侃、自嘲的写法。就是说我孤独地只有诗词相伴。华朽：指作者本人。

七律·贺新婚①
——赴河南为刘承昊司彤新婚证贺

舞阳男儿向洛阳,②
花烛靓女配仙郎。
新蛾绽巧露微睇,③
燕尔新婚凤与凰。

老华专程去证贺,
十年情谊看今妆。
清华幸遇成佳话,
永祝新人爱恋长。

——2018年10月4日于漯河

注:① 刘承昊是我的学生,清华在读博士;司彤是刘承昊的未婚妻,清华硕士。两人相识、相爱愈十年。
② 刘承昊漯河舞阳人,司彤河南洛阳人。
③ 微睇,乖巧地斜看。见唐·杨师道《初宵看婚》。

七律·新婚致喜
——记学生刘承昊司彤新婚

喜气中原醉韶光,
河南古地凤依凰。
同心印证结秦晋,
少女深情向妙郎;

马院清华承昊伟,
司彤俊美胜孟光。①
关雎诗作祝今日,
且共三生以沫长。

——2018年10月5日于漯河

注:① 孟光,东汉贤士梁鸿之妻。举案齐眉的典故说的就是梁鸿、孟光,汉书生梁鸿读完太学回家务农,与县上孟财主的30岁女儿孟光结婚,婚后他们放弃孟家的富裕生活,到山区隐居,后来帮皋伯通打短工。每次孟光给梁鸿送饭时都把托盘举得跟眉毛一样高。

五言排句·出行临归

前日使漯河，
证婚天仲秋。
今天行豫北，
太行峡谷游。
朝迎红旗渠，
夕留古林州。
雍容汤阴穴，
环佩殷墟丘。①
岂识光阴去，
忧国安可休。
此行宾友会，
共感岁月流。
载酒临行饯，
行当浪遏舟。

——2018年10月7日于安阳

注：① 汤阴穴，指岳飞墓。
殷墟丘，指殷墟。殷墟，为殷商王朝后期都城遗址，发现于20世纪初，1928年开始发掘。位于河南省安阳市西北郊洹河两岸，面积约二十四平方公里。自盘庚迁都于此至纣王（帝辛）亡国，商以此为都（约公元前14世纪末至前11世纪），共经八代十二王、二百七十三年。

漱玉词·重阳

水木重阳秋雨路，[①]
鬓发撩情愫。
回想半生忙，
慎候学堂，
不怨劳作苦。

冷窗四望人孤伫，
谁作青春赋？
莫要笑廉颇，[②]
我肯今番，
老骥千里步。

——2018年10月17日重阳节于清华园

注：① 水木，指清华。出处是东晋谢混的《游西池》："惠风荡繁囿，白云屯曾阿，景昃鸣禽集，水木湛清华。"
② 廉颇，战国时赵国猛将，传廉颇年八十时，尚食斗米肉十斤，诸侯畏其勇而不敢犯赵境。这里化用此典故，是说重阳节感慨的"老人"，有谁能够像廉颇八十还请阵杀敌？人未近古稀，何必采菊篱……

临江仙·潞河学子聚清华

红叶深叠临嫩冬,
校门翘望秋空。
年年岁岁各西东。
清华幸聚,
硕果证重逢。

校史厚说人事久,
讲坛回味学童。
茶谈艺术话情浓。
小肴大爱,
杯酒味无穷。

——2018 年 11 月 5 日作于潞河中学

注:① 中学同学聚清华,以酒款待,意味无穷。

水调歌头·立冬

岁晚秋将过,
萧肃月初冬。
水清华木何在,
兴味向长空。
未见黄菊绽放,
却有师生共述,
鲜饺赖祝融。①
诗书霜微占,
心室冬储重。

慎独状,
忆劳作,
冥思冬。
育播杏李天下,
天命也从容。
热气欢声弥漫,
亲友穿梭门巷,
自赏不老松。
何必遮颜破,
扬洒笑朔风。②

——2018 年 11 月 7 日于清华园

注：① 祝融，是三皇五帝时夏官火正的官名，与大司马是同义词。历史上有多位著名的祝融被后世祭祀为火神灶神。

② 鲁迅有《自嘲》诗：运交华盖欲何求，未敢翻身已碰头。破帽遮颜过闹市，漏船载酒泛中流。横眉冷对千夫指，俯首甘为孺子牛。躲进小楼成一统，管他冬夏与春秋。此处反用"遮颜破帽"，指不惧岁月磨砺笑对人生。

朔风，北风。

七绝·无题

万木隔窗黄灿飒,
晨云初照白肚鳞。
冬来秋去纷满地,
凭眺持烟只一人。

——2018 年 11 月 8 日晨立楼台偶成

行香子·抵东京

籍典行装，赴水东方。
问何往、探访扶桑。
银鹰万里，水陆千张。
日月曾交，映山水，尽苍茫。

访游之去，早稻田旁。①
宋元瓷、和尚逾洋。②
提梁会馆，③秋叶原乡。④
使西来客，心始乱，忆思长。

——2018 年 11 月 11 日于东京池袋

注：① 早稻田：指早稻田大学。
② 元瓷，指日本学习效法我宋元时期的艺术；和尚逾洋，指唐代鉴真大和尚东渡日本布法讲学。
③ 提梁会馆，指日本提梁壶这一璀璨的艺术式样，它已嵌入到日本人的日常生活中。
④ 秋叶原乡，指日本东京市中心的秋叶原，它是世界著名的电子一条街。访游感到传统与现代，继承和发展，这是困扰今人的话题。

解语花·到金泽

金泽朴古,叠翠青溪,浅野川明媚。
泄云晨蔚,初凉微,却有柳杨集队。
犀川撩妹,邀浅野、绕城相会。①
加贺番,九谷烧瓷,幽韵飘香味。②

有幸来游今岁,望千门诸器,兼六园美。③
古雍今媚,迷人处、应属诗情前卫。
繁荣此类,全列岛、恐无多位。
清酒新,亲挚谁来,举杯相邀醉。④

——2018 年 11 月 13 日于日本金泽

注:① 两条河流贯穿金泽城,犀川据说是一条男性之河,而浅野川则为女性之河。我这里拟人化写他们在约会。

② 九谷烧是日本著名瓷器之一种。金泽也是日本传统手工艺之圣地,加贺家族是当地一个久远的大家旺族。曾邀请过众多艺术家和工匠来此,使得这里的手工艺水平达到相当高的境界。

③ 兼六园乃金泽著名园林,是江户时代番主的私宅。

④ 金泽今天的繁荣在日本列岛也不多见,金泽的特产如大米,米酒,甜食等名扬天下。"举杯相邀醉":请问有谁与我同醉,感受古代与现代融合的妙味。

蝶恋花·东京返北京

数日逗留仍眷顾。
访道交学,
别去如何遽。①
江户提梁多南部。
金泽古镇花千路。

满眼登机瞳带露。
今后重逢,
又是何年雨。
虽乐也思中华土。
华清应是冬霜树。②

——2018 年 11 月 15 日于羽田机场

注:① 遽 [jù]:1.匆忙,紧急;2.立即,赶快。
② 此处化用梁园虽好,非久恋之地。谓他乡虽好,不宜久居。同时联想到清华园的冬天,有李商隐"巴山夜雨涨秋池"相似之境况。

拟普天乐·送妻子探儿郎

水木冬,
西山夜,
情随思聚,
念与昼叠。
明朝来,
送妻别,
万里扶摇奔儿耶,
是离别却愿离别。①
今宵翘望,
明朝相望,
见儿切切!

——2018 年 11 月 17 日凌晨于京西郊

注:① 离别总有感伤处,却愿离别是说愿意让妻子与我离别去北美探望儿子。

七律·预祝母寿[①]

燕塞京华遇暖冬,
年年今日庆生浓。
华堂聚会儿孙伴,
寿宴斟开友亲融。

母忆膝边欢乐久,
儿歌哺育爱无穷。
且端美酒酬祥瑞,
孝祝常青不老松。

——2018 年 11 月 22 日于北京

注:① 明日母亲寿日,今预祝。

瑞鹤仙·拜寿慈母

看梅花欲绽。
傲寒立，柏郁松青丛遍。
嘉园设寿宴。
华家里、祝寿金樽邀劝。
子孙举案。
老太君、光华玉面。
纵年逾九旬，矍铄笑谈，令人称羡。

谁见。
峥嵘革命，夙夜为公，往昔辗转。
含辛温婉，育三子，无劳怨。
到而今，终有香车环玉，膝下子媳共伴。
愿南山不老，清贵玉兰永远。①

——2018 年 11 月 25 日于北京

注：① 玉兰：我母亲名。

虞美人·彼岸妻儿感恩节①

鱼虾火鸡馨香诱，
丰膳谁人漏。
多亏网络共环球，
视频画面互交流，
解思愁。

他乡故友齐端酒，
两岸汪汪透。
且听小曲忘乡愁，
无言晓月在心头，
感恩酬。

——2018年11月24日于北京

注：① 妻子赴美看望儿子，我留在北京，故而形成母子在大洋彼岸过感恩节，我则一人独望对岸以诗念之。

七律·南行

半公半私出燕关,
便得游程视域宽。
初冻和风向北地,
阳光暖煦抵南番。

逢人便说喜兴事,
开口夸称祥泰端。
吾世幸逢开放道,
苍生无数享华繁。

——2018 年 12 月 4 日于首都机场

月中行·往桂东过醴陵

驾驰路虎过湘东,
冬道暖霜融。
陶瓷千岁小城笼,
花炮震天红。①

朋多兴烈欢难断,
同缅忆,
少奇罢工。②
左权更有立三公,
渌院孕英雄。③

——2018 年 12 月 5 日于醴陵

注:① 醴陵被誉为"中国陶瓷历史文化名城","中国花炮之都"。
② 刘少奇曾在此领导安源路矿大罢工。
③ 左权、李立三都是醴陵人,英雄有双,他俩人都在渌江书院求过学,是湖湘文化孕育而成的。

玉梅令·到桂东

车呼路笑，渐往湘南靠。
青山绕、思来微妙。
问桂东水土，竟令九州翘，人更美，色红德傲。①

工农齐啸，革命军规老。
沙田耀、泽东布道。②
枷锁歌新闹，破旧世风尘，罗霄迈、中华新貌。③

——2018 年 12 月 7 日于桂东

注：① 毛泽东于 1928 年 3 月自江西井冈山进入湘南桂东县接应朱德湘南暴动余部，从而使该地区染上革命之重彩。

② 1928 年 4 月 3 日，毛泽东在湘南桂东县沙田镇召开工农革命会议，颁布了"三大纪律、六项注意"（后发展为"三大纪律、八项注意"）至此确立了人民军队之军规。

③ 1927 年 10 月，毛泽东率领工农革命军上了罗霄山脉的井冈山，创建了以宁冈为中心的井冈山革命根据地。1928 年 1 月，朱德、陈毅率领南昌起义保存下来的部分队伍，来到了湘南地区。在中共湘南特委和当地农军的组织领导和配合下，发动了湘南武装起义。3 月，在永兴成立了湘南苏维埃政府。3 月底，由于湘、桂、粤军的三路"协剿"，起义农军难以在湘南立足。3 月下旬，毛泽东率领部队在汝城一带击溃了尾追湘南起义的敌军，4 月在鄺县的十都与朱德见面。在毛泽东率部队的掩护下，朱德、陈毅率领的部队于 4 月中旬抵达江西省宁冈县，与毛泽东统率的井冈山部队会师，这就是著名的井冈山会师。从此，开创了农村包围城市武装夺取政权的中国新民主主义革命新道路。

少年游·大雪抵浔阳

寒树野梅邀盛雪,冷袖灌冰霜。
旧朋再遇,泪眸执手,贡生满浔阳。①

居湖仰慕涪翁事,甘棠嗅文香。②
更学隐逸,荷锄酒赋,田作亦何妨。③

——2018 年 12 月 8 日于九江

注:① 大雪节气,今自桂东抵浔阳。九江,简称"浔",古称浔阳、柴桑、江州,是一座有着 2200 多年历史的江南名城。

贡生,古代科举挑选府、州、县生员(秀才)中成绩或资格优异者,升入京师国子监读书。这里指浔阳籍我的学生。

② 涪[fú]翁是黄庭坚的号,洪州分宁(今江西省九江市)人,北宋著名文学家、书法家、盛极一时的江西诗派开山之祖。我抵九江临湖而居,不由得想起他。甘棠,指九江市内甘棠湖,我下榻酒店在甘棠湖畔。

③ "隐逸,是指古代隐逸诗人之宗"陶渊明。陶渊明,浔阳柴桑(今江西省九江市)人。东晋末至南朝宋初期伟大的诗人、辞赋家。曾任江州(九江)祭酒、建威参军、镇军参军、彭泽县令等职,最末一次出仕为彭泽县令,八十多天便弃职而去,从此归隐田园,他是中国第一位田园诗人。

水龙吟·到共青城①

昨宵邀友层楼，感怀主客深情厚。
柴桑故地，林波剑旺，②雪飘时候。
略事休停，便驱前往，鄱阳湖口。
共青城早慕，今番得幸，来江畔、流连久。

上海青年创后。
看名牌、风云红透。③
栖居八校，科技萦绕，诗书闻柳。④
青卷江花，锦帆冲浪，引人回首。
富华山、但有苍松翠柏，向天依旧。⑤

——2018年12月9日于共青城

注：① 共青城，位于江西省北部、九江市南部、鄱阳湖之滨、庐山南麓。

② 林波剑旺，是指2009年清华大学九江青干班桂林波、卢剑旺同学。当时我任他们班主任。

③ 共青城前身是1955年上海青年志愿者创建的共青社，2010年设共青城市，是全国唯一以共青团命名的城市。70年代初，凭着几十件羽绒背心，共青城催生出全国最大的羽绒生产基地，鸭鸭羽绒服驰名中国。今年又创造出以中国名牌企业为主的中国创业城。

④ 共青城有八所大专院校，为青年提供了实现梦想的广阔天地。

⑤ 共青城的富华山有胡耀邦陵园，苍松翠柏环绕的墓地上，碑石记录了他不凡的一生。

青玉案·庐山临雪东林寺

纤云玉雾东林霁，①雪翠绿、清波丽②。
多愿乘风临碧水。
释花泉寺，古钟鄱口，忘却城中市。

慧永梵语俗心闭，③岭峰远、未行只空睇。④
何处匡庐冰雪里。⑤
早迎初照，晚呈清月，几有脱俗味。

——2018年12月11日于庐山

注：① 东林，指庐山东林寺。东林寺建于东晋大元九年（公元384年），是佛教净土宗（又称莲宗）的发源地，也被日本佛教净土宗和净土真宗视为祖庭。

② 雪翠绿，是庐山雪后特殊的一种视觉传达效果：薄薄的一层落雪铺盖在层峦叠嶂之山间，绿中泛白，白里反绿，整个庐山笼罩在曼妙的色彩中……

③ 慧永，指庐山东林寺慧永法师（332—414）。慧永法师晋代僧，即西林觉寂大师。河内（河南）人，俗姓潘。十二岁出家，师事竺昙现，后与慧远共同学于道安座下。素与慧远共期欲赴罗浮山，然慧远为道安所留；师乃于东晋太元（376—396）初年先出发，至浔阳时，为郡人陶范所留而居庐山西林寺，未久慧远亦来，及至，入住东林精舍，遂有终焉之志。

④ 睇 [dì] 为两广粤语方言用字，是看的意思。

⑤ 匡庐，指江西的庐山。相传殷周之际有匡俗兄弟七人结庐于此，故称。

吊恩师殿中刘老[①]

北京的冬,
长空只见冰霜寒。
这样的季节,
上苍何故竟无情,
让我们的恩师,
八十开外的仙翁,
安卧长眠于北国大地。
凄风萧萧悲似长,
九泉可知泪如雨,
敬爱的老师,
您可看见我们祭台前的悲伤。

怀想那烽烟的抗日岁月,
你降临世间。
战火窗外,
室内萤火,
您用怎样的意志支撑起读书人的乾坤。

我不由想起一句古诗:
别人怀宝剑,我有笔如刀。
育才小学的勤学,
北大历史系的崭露锋芒,

奶子房的牛刀小试，②
一直到，
潞河中学的粉笔如霜。
勤俭质朴多教诲，
我辈自强多承光！

啊，
远去的恩师，
您的离去，
让地下多了一份高士，
人间少了一道光芒。
此后何堪忆笑容，
但有怀念心中藏。
怀念您，
当年训导犹在耳，
怀念您，
一世学问传范风，
怀念您，
月霁光风人共仰！

安息吧，
我们永远的老师，
但愿您不再有缘愁万缕，
烦恼纠缠，
而我们，

唯愿您走向永恒，
不负人间曾相遇，
此情不再泪如梭。

别了，
我的恩师。
别了，
我们的恩师。
祥云万里，
一路走好！

——2018 年 12 月 15 日夜于潞河

注：① 刘殿中老师乃我高中语文老师，今年 10 月病逝，享年 80 岁。
② 奶子房，指北京朝阳区奶子房中学，刘老师北大毕业后，分配在奶子房中学做教师。

锦缠道·改革开放 40 周年纪念大会感

燕塞霜天,
正是仲冬时候。
众英会、华灯如昼。
光辉转折今回首。
讲话实情,
继往开来走。

四十年雨风,
筚路蓝缕。
改革兼、放开窗口。
问百家、都道政策好。
幸临盛世,
笑脸人人有。

——2018 年 12 月 18 日于清华园

七律·冬至离家马上催①

冬至阳盛雪纷飞,
望儿心怡马上催。
阴阳五行爱为线,
冬春四时情做媒。

越洋待聚四方瞅,
跨海冲寒八荒恢。
文物有殊风景异,
教儿且记中华徽。

——2018 年 12 月 22 日午时于首都机场

注:① 今赴美探亲,见儿心切。

七律·到波士顿看娃

银燕向天咫盈尺,
暮色寒烟笼雾重。①
俯瞰机窗思旧绪,
波城港口盼新逢。②

阿翁热泪肝肠唤,
娃子欢颜翘望浓。
绿地今来再赞叹,
红砖白塔矗天峰。③

——2018年12月22日下午于波士顿

注:① 重 [chóng],这里念二声。
② 波士顿创建于1630年,是美国最古老、最具历史文化价值的城市之一。波士顿被誉为"美国雅典",港湾优良,近160个深水码头延伸约40公里。
③ 波士顿市中心有片著名的绿地叫"波士顿公共绿地(Boston Common)",公园街南端一角,就是漂亮的公园街教堂(Park Street Church)。波士顿几乎没有人不知道这座教堂,来访波士顿的游客也必来观赏这座教堂。教堂是红砖墙,圆门厅,白塔尖。她脚踏绿地,直矗蓝天,就像一个赞美生活的大叹号。

拟七绝·落日抵新奥尔良[①]

机窗日落渐黄昏,
密西西比归海门。
今日来此谁嫌晚,
爵士漫城奏天伦。[②]

——2018 年 12 月 23 日傍晚于新奥尔良机场

注：① 新奥尔良位于美国南部，密西西比河从这里注入墨西哥湾。
② 新奥尔良是爵士乐的发祥地。一家三口来此游历，故而，写爵士奏天伦……

无　　题

奥尔良城不夜天，
爵士嗨霹胜管弦。
银装璀璨漫棕榈，
今日不眠尽欢颜。

——2018 年 12 月 23 日作于新奥尔良街头

忆帝京·赴新奥尔良恰遇圣诞节

梦讶枕暖他乡地,
夜路冷霜催泪。
父子黯乡魂,
记起今节气。
感叹曳烛光,
一盏相思醉。

多少次,
涉洋滋味。
陡惊觉,
燕塞也美。
新月虽好,
安能久住,
两眼遥望华清水。
纵有一身洋,
总把中华跪。

——2018年12月24日夜于新奥尔良酒店

临江仙·奥尔良平安夜话

新月灯城和风畅,
年来却漾柔肠。
异邦暖雨细丝长,
深情父母,
夜话忘离常。

钟声火炉星璀璨,
街边橡树波光。
团圆难得平安夜,
寄心明月,
祈祷读书郎。①

——2018年12月24日平安夜于新奥尔良

注:① 儿在美留学已经10年,这次来探儿正值新年。得机会一家三口来新奥尔良游历,感慨颇多。

与海的对话
——新奥尔良游记

盘中的秋葵,
伴着滑爽的汁液,
一家三口正值岁末圣诞,
来到这座独一无二的海港之城,
法语区波本街的古钟冷月,
与炸生蚝一起
在热气中散漫,
我闻见了小龙虾浇饭那浓郁的香,
闻到的是克里奥尔餐的味道。①

哦,
大海,
你连接着"卡特里娜"这般诗意的名字,
我的冬日到来,
只见你的沉静、浩荡,
和花园区的歌声年年不变,低缓合唱。

哦,
海港之城啊,
你是美洲大陆最有特色的城市,
就如气质隽永的人儿,

飓风的脾气、带着潮湿的海的咸味的精神,
汇聚起似醉非醉的品性魂灵。
问几何时,
大海曾逗弄海燕的激越,
那革命的光荣的吟唱。
今日,我来你这海边拾贝,
只见你深雾向空,灰厚凝重,
缠绵成一幅烟波久远的灰墨图画。

你的辽阔展示的是无限的包容,
你的呼啸诉说的是博大的深情。
看北风也万般缱绻,
喝一口经典的乌龟汤,
嚼一口软嫩的鳄鱼肉,
就着简易的面包布丁,
我从你的眼里看到了,
二百年来,
美国大陆上的欢笑沧桑!

遥岑远目,
但见你一浪更比一浪高的海潮,
永不疲倦的海浪。
米虾粒蟹,
紫色的菜和海中的带,
捧起每个玲珑剔透的贝壳,
我似乎懂得了你馈赠的慷慨,

并领悟了,
这里油炸绿西红柿的味道。

啊,
驳杂的海港啊,
你可知你"大快活"的绰号隐含了多少风尘,
当年的划桨奴,猎户,
淘金士,清洁工,
夜店女郎,修女,
共同奠定的狂野不羁,
使你的性格那么辩证而气韵生动。
那一纸"枫丹白露条约",②
曾让你的法兰西风情,
落魄的多么悲壮。
棉花庄园讲述着黑奴的传说,
如今的沙尔麦特都会,
记录着城市的世事如风。

如今,
这里不同的语言、文化、时尚、信仰,
交织成狂欢节、爵士乐的合响,
巫毒教、克里奥尔风情洒满回廊。
啊,新奥尔良的大海啊,
你带给这里熔炉一般的胸膛,
熔炉一般的包罗万象。

今日，
我携妻共子来此，
千回百转，
请你赐给我力量，
试想人间正义如飓风那般摧枯拉朽，
何惧道路荆棘乱皇。
美丽的贝壳，诉说着你的胸怀，
你的创造。
不过我还是喜欢你的怒声滔滔……

谢谢你的本色展示，
我们懂得了造物的伟大人的渺小，
今天我陪亲人来此，
怀抱着海水感到疯狂却也宁静，
丝丝缕缕的感慨你释怀了我的扣问，
啊，
美壮博爱苍茫的大海，
就让你每次涌动的潮汐，
都敲打我追问的灵魂，
给我顶天立地的勇气！

——2018 年 12 月 27 日于新奥尔良

注：① 克里奥尔，克里奥尔一词几乎是美国南部的西部近代发展史。在美国，克里奥尔用来指在 1803 年路易西安纳购地之前，所有具

有法属路易西安纳原住民血统的人。其他州的某些作家错误地将克里奥尔特指为不同种族通婚的后裔，但这并不是路易西安纳的传统用法。一开始它指的是法国和西班牙移民在路易西安纳后代，用来和第一代区分。这个词也被用在非洲人在路易西安纳的后代，后来这个词被细分为两个项目：一是法裔克里奥尔，指拥有欧洲祖先的人；二是路易西安纳克里奥尔，指不同种族混血的后代。

现代对路易西安纳克里奥尔的词意用法扩张，被广泛地用来描叙拥有法国或西班牙背景的种族。自我认同为"克里奥尔人"的路易斯安那人一般是来自历史上的法语社群，他们的祖先有些是直接从法国或者加勒比地区的法属殖民地来到路易斯安那的。他们一般是罗马天主教徒，受州内早期传统法国文化影响。这个术语也经常用来表示"有关于新奥尔良的"。路易斯安那的克里奥尔人（主要）混有法国人、西班牙人、非裔美国人和美国原住民的血统。

②"枫丹白露条约"，指1762年法国与西班牙签订的秘密条约，法国将路易斯安娜地区让给西班牙。

浣溪沙·元旦

万树银花山海河,
连天冰绽竞芳国。
大洋彼岸递新歌。

裘暖厚袍寒意重,
酒温茶热喜馨浓,
且吟香雪上云峰。

——2018 年 12 月 31 日清晨于休斯敦

七律·元旦悦感①
——居大洋彼岸望故乡元旦

蜡梅初绽寓年丰,
隔岸也听夜幕钟。
有感别离霜烂漫,
几遇相见露滴浓。

微温酒热妻相伴,
雨润苗青子长成。
海上银花香万里,
人间始唤敛春风!

——2018 年 12 月 31 日中午于休斯敦

注:① 当我写这首诗的时候,对岸的故乡已经进入 2019 年,而我这里却仍旧是 2018 年,故而,我诗称"望故乡元旦"。

蝶恋花·波士顿别儿回国

碧彩波城车漫道。
暖气楼台,
远行心皆晓。
雉雊鹊巢渐春草,①
一家饮茶别话唠。

断肠执手何惧老。
雪后新芽,
年过青春好。②
莫道乡愁大洋渺,
华郎但记归期早。

——2019 年 1 月 4 日晚于波士顿

注:① 小寒之后十日雉雊 [gòu]:(雄性野鸡鸣叫),五日鹊始巢,寓意春天渐渐来临。

② 此句一语三关:一则是说小寒之后,历尽冰寒,春芽萌生,冬天去了自有春天百花盛开;二则是自勉,离别虽然断肠,但来年又是一个春天,大有叶茂满目青山之意境;三则是说"江山代有才人出",我辈虽渐老迈,却养育了风华正茂的下一代,看着两个孩子(儿子、儿媳)的青春洋溢,学业有成,欣慰之心油然而生……

浪淘沙·别波士顿

万木正冰封,却有雨浓。①
别行老马对金骢。②
十年学成涉海外,心悦怀中。③

雁始北归从,气韵行容。④
家窗梅记水塘东。
离远化为温勉语:年少英雄!⑤

——2019年1月5日下午于波士顿机场

注:① 波士顿纬度在哈尔滨以北,通常的冬季较寒冷,但今天波士顿竟然落下冬雨,实在是十年九不遇……今天我们将与儿子相别回国,赶上这样的天气,只应了中国老话:人不留天留。看来老天真的有情。

② 骢[cōng],原指古代名马,如碧骢驹、玉骢马、玉花骢等。这里借指小儿及其女友,风华正茂。老马代指我夫妇俩。

③ 小儿苦读11年终有学成并工作。喜悦之情一家人寄寓临别中的勉励。

④ 小寒之日雁北从乡,今则乡北飞之,至立春后皆归矣,禽鸟得气之先故也。这里也借指我的回乡之路。

⑤ 遥望清华园的梅花水塘,我想起了唐朝高适的离别诗:离魂莫惆怅,看取宝刀雄!借此勉励两个年轻人。

七古·木末赏木

临近腊八出家门,
我携故友共七人。
行车百里大城县,
采撷红木各路神。

淘赏花梨老头乐,①
醉看紫檀满星鳞。
一片痴意谁和与,
最是岁末紫梨春。②

——2019 年 1 月 12 日于河北大城

注:① 老头乐,指痒痒挠。
② 紫梨,指紫檀和黄花梨。

武陵春·期末乐
——讲座

继教学院邀课讲,
学子满听堂。
启示教学艺术良,
欣慰笑声扬。

弟子坐肥师站瘦,[①]
忘却掠时光。
但得人才自立强,
不枉倾肝肠。

——2019年1月15日于清华大学继教学院

注:① 宋代黄庭坚有诗描写学堂教学:"学堂疏雨余,石砌长苔发。弟子肥如瓠,先生瘦惟骨"。我这里化用是为了说明本人讲课专注竟站着贯穿全场,学生们也坐着认真听,纹丝不动,"坐久也肥",聊以调侃也。

七古·蔡华抵瓯越①

畿州今飞古瞿州,
三九尾日觅温侯。②
瓯越东南海上山,③
雁荡砥柱屹中流。

我携蔡公不辞远,
天伴二老文脉酬。
谋事千里中华土,
办将勋业遍九州。

——2019年1月17日于温州机场

注:①蔡华,蔡指蔡乐苏老师,华指作者。
②三九尾日:三九最后一天。
③瓯越,温州别称。

鹊踏枝·向龙泉

八闽通衢驿马道。
商旅咽喉，
展尽灵芝好。
香菇青瓷媲宝剑，
哥窑纹饰谁称巧。①

学派永嘉人说翘。②
进士奇观，
才俊知多少。
有幸今来沾瑞兆，
老夫笑对自恃傲。

——2019年1月18日于龙泉

注：① 龙泉自古人文昌盛，是著名的青瓷之都、宝剑之邦，是世界香菇栽培发源地、中华灵芝第一乡；龙泉宝剑始创于春秋战国时期，以"坚韧锋利、刚柔并寓、寒光逼人、纹饰巧致"四大特色成为"中华第一剑"。以"清澈如秋空、宁静似深海"的哥、弟窑瓷器享誉海内外，其中"哥窑"为宋代五大名窑。

② 宋代永嘉学派主要代表和集大成者均为龙泉人。宋朝天圣至咸淳251年间，龙泉一县出进士248名，是中国科举史上的一大奇观，由此感于自傲者。

水调歌头·庆生

庆生欢乐满,先生与学僮。
祥云一抹五所,^①齐聚在京东。
人世都经风雨,未敢辱没霜雪,春夏复秋冬。
日月飞流处,午后蕊嫣红。

同师生,知天地,友谊浓。
三十六载,情意能将雪冰融。
辛苦遭逢约略,人到五十自若,^②天地人神通。
今日再聚首,琼浆满心声。

——2019 年 1 月 26 日于九棵树

注:① 五所,指核工部北京市第五研究所。
② 我的这些学生今年满五十周岁。

诉衷情·祝寿拜年

年前师生贵相逢。
廿载溯音容。①
讲堂一展风采,
桃李尽葱茏。

桃不尽,
李无穷。
同心融。
师恩泉涌,
结草衔环,
又面春风。

——2019年1月27日腊月二十二小年于朱育和老师家

注:① 20年前初识朱育和老师,后成我良师益友。朱老师1955年考入清华大学,后留校任教直至退休。小年是他81岁生日,我与夫人同去探望并祝寿。

玉楼春·别戊戌迎己亥新春

龙花会稀千载逢,
谢交春才万古共。①
花灯年酒起桃符,
惹起童心鞭炮冲。

欢笑团圆祥庆颂,
柏叶椒花芬翠重。
灶烹油饼乐陶然,
忘却窗寒身已冻。

——2018年2月4日除夕于荷清苑

注:① 中国传统有"千年难遇龙花会,万年难遇谢交春"之说。意思是农历正月初一打春,叫龙花会,三十晚上打春,叫谢交春。己亥年就刚好遇上三十晚上打春的"谢交春"。

立春与除夕在同一天十分难得。立春是一年中第一个节气,除夕是一年中最后一天,二者在同一天,犹如阴阳太极,道生一,一生二,二生三,三生万物,更加体现了自然循环的规律。

"谢交春"这种情况并不常见,百年当中约有3次,下两次除夕与立春在同一天的是2057年2月3日,2076年2月4日。

浪淘沙令·逍遥游

京外度新年，
华表华山。①
携妻伴弟觅清闲。
今日不知身是客，
心旷无边。

春景染江南，
山水之间，
怀思踱步太湖前。
夕照一瓢盛醉意，
漫洒江天。

——2019 年 2 月 6 日大年初二

注：① 华山，乃吾胞弟是也。

七绝·苏南行雪

苏南瑞雪喜门埋,
湟里汤家蜡梅开。①
引惹诗兴情致远,
来年带肉酒携来。②

——2019年2月8日大年初四于常州湟里镇

注:① 湟里,常州武进区湟里镇;汤家,汤姓朋友家。
② 与朋友相约,明年过年带上酒肉再来湟里。

七律·雪映蠡水

金山皑皑千年雪，①
蠡水鳞鳞冰凌春。②
春宵殿前忆旧梦，③
三千年久醒今人。

狗烹兔死身先退，
鸟尽弓藏心未冥。④
夜临吴山思越水，
一笺史记一沾巾。

——2019年2月8日大年初四于范蠡水榭

注：① 此金山，位无锡，非镇江金山寺。今正逢雪漫金山。
② 蠡水，位无锡市区；蠡，指范蠡。
③ 春宵殿，指吴王夫差专为西施修建的宫殿。此便是栽下了吴国灭亡的祸根。
④ 冥，这里作糊涂用。
此两句说的是范蠡功成隐退的故事。
狗烹兔死，鸟尽弓藏。语出《史记·越王勾践世家》。大致说的是：春秋时，越国大夫范蠡在越王勾践被吴国打败而当俘虏时，劝勾践忍辱投降，伺机报仇雪恨。勾践依照他的话去做，最后终于大败吴国。越王勾践复国后决定重赏大功臣范蠡。但范蠡看到历代宫廷的残酷倾轧，觉得勾践是一个只能同患难而不可共享乐的人，就拒绝官职过隐居生活去了。范蠡临走时还给另一大臣文种留下一信，信中警告文种："飞鸟尽，良弓藏；狡兔死，走狗烹。"意思是说飞鸟射尽了，弓箭就会藏起来，再也不用了；兔子打死了，猎狗也会被主人杀掉烧熟吃掉的。文种没有听从范蠡的忠告，最后果然被勾践杀掉。

七绝·马日谱新

马日长风太湖波,
燕飞北返落运河。①
莫言年过佳期去,
却听桃李唱新歌。②

——2019年己亥正月初六于无锡硕放机场

注:① 此两句表马日告别太湖飞返京城。运河,指京东运河。
马日,大年初六是马日。
自秦汉以来,传统说法是:正月初一为鸡日,初二为狗日,初三为猪日,初四为羊日,初五为牛日,初六为马日,初七日为人日。据称女娲创造万物生灵时,先造六畜,后造人,因此初一到初六都是六畜之日。
先民在马日这一天才真正开始工作。自初一到初五皆不能打扫,诸如厕所和其他堆积杂物,于是马日这一天做做大扫除,并祭拜下厕所神明,将平日污秽的地方清扫干净,尤其是厕所。
② 此句表,年过了,又迎新学期……

眉峰碧·元宵前夜思

圆月耀华庭，
楼下花灯闹。
谁惹春风暗地来？
玉漏汤圆笑。

开酒问谁陪，
心念儿郎杳。
空皓莹窗尽落歌，
盼子膝前绕。

——2019 己亥正月十四夜于清华园

小重山·开学五教第一课①

料峭荷园花隐香。
塘堤杨柳倦、燕成双。
东风吹笑玉藤墙。
便准备、上课起新装。

溪暖鸟声忙。
但看春色好、满听堂。
清华学子竞翱翔。
又老夫、教授紫微郎。②

——2019年2月26日于清华大学第五教室

注：① 五教，指清华大学第五教室。
② 唐代刘禹锡《酬郑州权舍人见寄二十韵》有诗句："促召紫微郎。"大诗人白居易也任过中书郎，并写有紫薇诗："丝纶阁下文章静，钟鼓楼中刻漏长；独坐黄昏谁是伴？紫薇花对紫微郎！"紫微，古代天文学中指紫微星垣，自汉代起用来比喻人间的帝王居处，即指皇宫。唐代，中书省设在皇宫内，是国家最高的政务中枢，开元元年，中书省回紫微省，中书令曰紫微令。

我这里化用"紫薇"和"紫薇郎"典故，喻指清华学子才气纵横，紫微高照，未来能有大用。

七古·抵内蒙古偶感

秦时明月汉时关,
今向大漠走阴山。
周末鹿城闲试马,
孟春九原仿张骞。①

常思江湖行远古,
偶欲南山坐篱前。
时下兴得塞外马,
任由明日骋天边。

——2019年3月2日午夜于包头

注:① 鹿城、九原均指包头市;孟春,指春季的第一个月,以下分别是仲春和季春,三春是也。

长寿乐·生日

东风紫露,①又一年、耳顺生辰心诉。
从教依然,凝思先路。
学海书山尽数。
少年悠、坎旅丁年。
老来无负。
纵荆棘、却也铿然一路。

今番是、伴妻携子孝母。
书简著。
己亥岁、走絮飞花何顾。
彼岸遥望孩儿,孝廉惟寿,来年依如故。

——2019 年 3 月 13 日于清华园

注:① 东风,即春风。如夏风为南风,秋风为西风,冬风为北风即此。露,这里是露面的露而非露水的露。紫露,即露紫,指春之杨柳在开花前会有一泛紫的时段。

七律·下杭州

课后春雨清园沁,
云重柳轻水自新。
银燕一行千里远,
烟花三月西湖宾。

行行往往稻梁事,
月月年年庙堂心。
览尽三吴长嗟笑,
西子湖畔我独吟。

——2019 年 3 月 20 日于临安

清明祭父坟

又是风风雨雨杏花满地的季节,
又是凄凄切切泪洒漫天的陵园。
哦,
父亲
我又来到您的坟前,
看那孤伶摇摆尚未泛绿的野草,
看那铿锵挺立依旧呈红的墓铭,
您可知我撕心的怀念……
心事天涯,心却无涯。
这,
漫野晴天道,斑驳碑中字,
多少次梦醒繁华,
世俗羁绊,
无您茫然,
对比中的惆怅让我的眼睛,
变得苦涩、凄然。

多想永远跪在这里,
我慈爱的父亲!
香烛袅袅,哽咽喘喘,
您的灵魂是否真的飘到我的身边?
孤云远鹤、松柏山塞,

双膝弯折出
满砖滴泪痕,
我仍愿如雕像般久跪坟前。
再多的诗语,
无法表达我这怅然的心,
却只愿长闭我的双眼,
回到父子的从前,
襁褓中,幼儿园……

哦,
愿世间珍惜天伦,
人间团圆。
咀嚼清明揪扯心尖意味:孝廉……

——2019年4月1日于长城脚下

鹧鸪天·京北山野

又是春来满物华，
承邀友墅看桃花。
小楼新雅琴音静，
傍暮银灯向晚斜。①

清酒味，
绪无涯，
萝卜红柿映颧颊。
闲趣摆弄樽中酒，
醉倒谁陪梦到家！

——2019 年 4 月 12 日于京北山野

注：① 斜，在句尾通常念 xiá。

临江仙·抵粤西南
——携内人等一行抵湛江往茂名

荔枝岭南甘露诱,
徜徉携妇鉴江。
"西厅"转站剑麻乡。①
蝶丽卉彩,
春暮晓时长。

笔架山秀峦叠嶂,
宝光塔鉴水旁。
藕花未放人却忙。②
枇杷龙眼,
赏版画诗章。③

——2019年4月19日于广东高州

注：① 湛江机场又称"西厅机场"，1936年法国修建，湛江是剑麻产地。
② 这几句是说我亲临体悟到的高州风物，其中茂名高州笔架山，久负盛名，这个时节它云雾缥缈景色无限；高州宝光砖塔是中国第二高塔；岭南的藕虽有早熟但尚未开放，倒是人们都在忙碌着……
③ 高州木刻版画久负盛名，早自唐代传承至今。

七律·过常州

南来渐暑望葱茏,
玉浦延陵焕古风。①
胜地湖山歌气象,
淮扬碧色看从容。

齐梁旧里荆溪故,
要辅中吴丽裳同。②
软语娇莺游老醉,
惟期转世此城逢。

——2019年4月29于常州

注:① 常州是一座有3200多年历史的文化名城,曾称延陵。
② 常州是南朝齐梁故里,被称为"中吴要辅",境内风景名胜、历史古迹众多,此行令人沉痴。

昼锦堂·到瘦西湖

嫩柳英踪,
扬州三月,
百鸟相闹垂杨。
圣塔清泉霞概,
绿水徜徉。
漫多蝴蝶依我梦,①
苑芜碧玉树成行。
亭楼矗,
如画影尘,
花溪散遍清芳。

波粼湖也瘦,
名天下,
推功当属钱塘。②
绿稻熏风荷浦,
万木园香。
虹桥石卷临云栈,
五亭小憩眺山冈。
山茶笑,
相约每年春季,
尽吐诗章。

——2019 年 4 月 30 日于瘦西湖汇金度假酒店

注：① 化用李商隐"庄周晓梦迷蝴蝶"句，喻如庄子自在洒脱。
② 乾隆元年（1736），钱塘（杭州）诗人汪沆慕名来到扬州，在饱览了这里的美景后，与家乡的西湖作比较，赋诗道："垂杨不断接残芜，雁齿虹桥俨画图。也是销金一锅子，故应唤作瘦西湖。"从此瘦西湖名扬天下。

七律·到镇江

行经倥偬慢精游，
更有闲情下润州。
柳浪金山慈寿影，
泠泉喜雨晓蓉楼。①

西津觅渡流芳趣，
北水文心泛夜谋。②
美味"三鲜"承御宴，
乾隆万盏不低头。③

——2019 年 5 月 1 日于镇江

注：① 镇江，古称润州。慈寿，指金山寺的慈寿寺塔。泠泉，指金山寺花州泠泉。镇江有北固楼。
② 这里描写的是镇江"新二十四景"的风物。
③ 镇江美食有"三鲜"即"长江三鲜"鲥鱼、刀鱼、河豚；形成镇江独具一格的皇家食谱"乾隆御宴"。此处说"乾隆万盏"既是说御宴之盛况。

映山红·到无锡

谷雨金吴,看太滆、①明珠纤秀。
潋滟雨城波,粉花蕊沁,江山仍旧。
风华玉景人回首。
太湖霞映朱楼柳。
曾是哪论起,春池一水吹皱。②

遛达处、花锦阑干,期此刻、登高长久。
鱼米弄、码头盛攘,忘却囊中羞有。
佳娘顾盼春风面,半娇情、小辇拧走。
悦心甜透。
愿停驻、邀杯满酒。

——2019 年 5 月 2 日于无锡

注:① 太滆 [gé],太湖之别称,此为平仄用之。无锡,简称"锡",古称新吴、金匮,江苏省地级市,被誉为"太湖明珠"。
② 五代词人冯延巳《谒金门》有句:"风乍起,吹皱一池春水。"

燕归梁·参加吾儿博士毕业典礼

夫妇京飞向大洋。
为儿贺成梁。
今宵何语对花香。
更无墨、写辉煌。

三十岁月,
加美辗转,①
书味调奔忙。
芳华磨剑砺寒窗,
文映秀、笔生光。

——2019年5月16日于波士顿

注:① 加美,指加拿大和美国。吾儿在加拿大读大学本科,在美国读博士。

七律·跃龙门
——写在吾儿法律荣誉博士毕业前夜①

又临十五寓团圆，②
今乃吾儿学成天。
和风桃李今宵贵，
侬窗听雨夜无眠。

鲤鱼百度常遨永，
龙门万里将凯旋。
波大一日花看尽，③
自信人生纵大千。

——2019年5月18日夜于波士顿

注：① 美国荣誉毕业生是指总成绩排名居前百分之三十的学生，毕业时颁发荣誉毕业学位证书。吾儿得此殊荣。毕业前夜是指明日即5月19日举行正式毕业典礼。

② 今天是农历四月十四日，又近十五月圆时。

③ 波大，这里指波士顿大学，此句典出孟郊《登科后》："春风得意马蹄疾，一日看尽长安花"。唐代考取进士，皇上要与举子们共同赏花。

七律·贺儿郎
——记赴波士顿大学参加吾儿博士毕业典礼

五月花海绽光芒，①
查尔斯河碧波漾。②
文秀博士风华态，
墨香英杰青春庞。

优秀学生优秀久，
荣誉博士荣誉长。③
不辱厚望酬艰苦，
赚得贺赞满学堂。

——2019年5月19日傍晚写于波士顿

注：① 波士顿属马萨诸塞州，五月花是马萨诸塞州花。
② 查尔斯河是横贯波士顿的一条著名河流。波士顿大学在河的南岸，河之北岸是哈佛。
③ 荣誉博士，是美国学制里的一种规制，实际是博士荣誉毕业。它对在学习期间总成绩排名前百分之三十的博士生列为博士荣誉毕业，并在毕业证书中特作注明。

鹧鸪天·赴唐吟

我是清华教书郎,
师生赴唐创作忙。①
曾支心血历风雨,
累上留云抒华章。②

画万卷,
书千张,
几曾溯史观侯王?
江山立倒谁主驶,
且看今日绘朝阳。

——2019 年 6 月 1 日驶往唐山路上

注:① 唐,指唐山。今天带学生赴唐山陶瓷厂进行"庆祝祖国 70 周年华诞"艺术创作。
② 我所带的是清华美院 2018 级陶瓷系学生,本系本级共计 11 名学生。

五言绝句·画瓷

师生画馆里,
笔墨犏前晌。
描绘出深情,
春秋附瓷上。

——2019 年 6 月 1 日于唐山美宾来陶瓷厂

七绝·作业迎国庆①

师生同室调正音,
要塑国魂砺民心。
且看一干皆妙手,
国庆华诞奉真金。

——2019 年 6 月 4 日于清华园

注：① 今年是祖国 70 华诞，课程结合此内容进行各专业创作，目前已近尾声，几天来走近创作室很是欣慰，感慨于大一学生做人做事之严谨，为国庆展览奠定了基础，我心多了一份踏实，一学期又得收获，可喜。在这里要感谢我的三位助教覃愿愿、李坤和嵇丈羽三位博士生。

父亲节感[①]
——吾儿父亲节赠画并大洋彼岸送鲜花致问候，
为吾儿赠诗

六月，
北方金穗遒劲的麦浪，
可是代表父爱收获的时光？
多年的期许，你的努力，
在嘴角常抿出满足的 U 形……
为此，你爸我，欣慰、赞赏。

你穿越太平洋给我送来献花与问候，
那互联网上的表情，
怎能因书信相隔而称虚无？！
你为我画的小像，
让我看到了你血液里你母亲的基因，
不是画家，堪比画家。

哦，
华一，
你的"金鸡图"给了我宽慰和欣喜：
"雄鸡一唱"，唱出鸡年生人勇，
唱出属鸡大无畏，更唱勤鸡最劳忙……

今天，值父亲节，你大洋彼岸的一束鲜花，
我知你如初心朝阳，眺望诗和远方。
我，
何尝不是向你远远地眺望……
我盼，
盼是经年多聚，如中秋皓月，
如元宵灯明，如除夕醉脸庞，
如重阳并肩。
——团圆
……

——2019 年 6 月 16 日于北京

注：① 一清早快递员送来我儿从大洋彼岸为我订的鲜花并为我绘制了小像和问候。

七律·芒种觅轻旅

六丫随吾携老妈,①
芒种寻静离京华。
小楼一日闲轻旅,
深谷溪流赏素花。

野趣山行闲未老,
淡雅书画品清茶。
粗衣着过古风叹,
犹及汉唐到谁家。

——2019年6月17日于怀柔"二十四节气山房"

注:①六丫,指六个女生发小,即刘敏、聂晶、何杰、邹晓丽、易虹、贺军。

七律·仲夏相聚

仲夏相逢在乙楼,①
笑谈插队忆乡愁。
仿佛阡陌泛禾郁,
又似垄田背粪篓。

魂中仿经青葱梦,
如今已是鬓白头。
依期人世得重复,
逸气再行浪遏舟。

——2019 年 6 月 19 日于五所乙楼

注:① 乙楼,指小时生活在机关大院,其中一座是乙楼。

七律·七条汉子乐怡园①

毛兄相邀自有缘，
八方来客有诗篇。
三十年别离重见，
二十天分手更甜。

花家怡园开怀饮，
七条汉子乐断弦。
记得今宵欢聚事，
写就人生夜月前。

——2019 年 6 月 21 日于京城簋街花家怡园

注：① 七条汉子是指作者以及清华大学建筑设计学院的刘玉龙、田海婴等五位老师和毛律师，我们是多年的朋友。

七古·抵青田

越国瓯江久有闻，
今临青田印石珍。
灯光田黄酱油冻，①
雕写琢吟鬼斧神。

亭榭楼台施巧密，
花鱼鸟虫展精真。
专攻术业堪精甚，
人有一技慰此身。

——2019年6月24日夜于青田

注：①灯光、田黄和酱油冻指的是青田石的种类。

七律·蓉城行

期末有闲巴蜀飞,
蓉城聚友对樽杯。
提梁一把东坡会,
诗文数笺杜甫陪。①

都江堰清四川水,
成都平野三星堆。
乐无思蜀人居蜀,
莫问客家几日回。

——2019 年 7 月 3 日于成都

注:① 在成都遇提梁壶淘之似会东坡,拜谒草堂如陪伴诗圣杜甫。

七律·又西宁

潺雨相伴西陲游,
暑期实践人未休。①
千里丁香步学路,②
几层书山上高楼。

凝望湟水三分涨,
目睹市井旧迹留。
遥想八六多感慨,③
卅年光阴似水流。

——2019 年 7 月 7 日于西宁

注：① 西陲，这里指西宁。临暑假，学院组织赴青海大学社会实践。
② 丁香乃西宁市花。
③ 1986 年妻子读研究生时，我陪伴她艺术采风曾来过西宁。

行香子·青海碧天

兴致畅朗,碧绿腾疆。
向清风、一众徜徉。
草地浩远,齐眺天光。
有牦牛白,院旗红,①菜花黄。

远远青廊,隐隐山庄。
望白云、斑彩蓝旁。
洒脱乘骑、共话八荒。
靓妞雄男,笑容久,"瓯投"忙。②

——2019 年 7 月 9 日于西宁

注:① 院旗,指清华大学马院之旗帜。
② "瓯投"乃音译英语单词"Photo","拍照"的意思。此处说大美青海,风光无限,大家忙着拍照留影。

临江仙·到贵德

步遍丹山察壮美，
青绿遥望江天。①
黄河清下小江南，②
九曲绿林路，
龙羊锁玄关。

地质公园梨花遍，
扎仓辽景温泉。③
得幸驰骋天涯间，
神崖滴水故，
心已仰高原。

——2019 年 7 月 19 日于西宁

注：① 这两句是在描述贵德七彩丹霞地质地貌。
② 贵德被誉为"高原小江南"，前副总理钱其琛曾评价贵德"天下黄河贵德清"。
③ 扎仓温泉为此地名胜，贵德还被誉为"梨都之乡"。

浪淘沙·南戴河

南戴对河开,
海浪翻白。
毛公惊叹曹公才。①
水澈潮平滩和缓,
今日谁来。

碧草日色埋,
紫蟹青苔。
夏凉天净抚宁裁。②
若多夜灯游子醉,
堪胜秦淮。

——2019 年 7 月 12 日于南戴河

注:① 这是指毛泽东写就《浪淘沙·北戴河》,其中有句"往事越千年,魏武挥鞭,东临碣石有遗篇"。

② 南戴河海滨靠近沙滩便是茂密葱郁的树林,这里原本是抚宁县的林场,经营近 40 年。绿树沿海岸绵延曲折几十里,形成一道天然屏障。

水调歌头·青海返又南戴河

才戏湟河谷，又临碣石洲。
千里黄沙流漫，不羡有封侯。
虽未功成名遂，却记景行行止，弦管伴诗遒。
晚景渐高雅，笑谈天地秋。

人生暮，心仍稚，复何求。
老来兴游南北，佳处辄迟留。
我诗朋亲唱和，醉倒妻儿扶我，此境可忘忧。①
闲趣水听木，学高更登楼。②

——2019 年 7 月 13 日于南戴河

注：① 此处化用苏东坡名句"我醉歌时君和，醉倒须君扶我"。
② 此句乃自勉。意思是清华水木的潺潺雅趣，促我，即使身无所求，然在三尺讲坛还是更上一层楼。

水调歌头·讲学①

盛夏骄阳火,承邀论高台。
鸿鹄存远,析谈磋与众英才。
遍览国际形势,西洋骄横北美,贸战致心歪。
我等中华子,何惧威胁来!

斗智谋,周旋久,大胸怀。
环察世界,特普总统似怪胎。
总把天下扰乱,只顾自家粮田,四处把刺栽。
何惧风云乱,高坐钓鱼台。

——2019 年 7 月 22 日于平安总公司

注:① 为平安总公司讲座。

陋 学 铭
——昨讲座感

学不在深，求是则行。
问不在虚，笃实则赢。
斯是陋学，惟吾致真。
纵论天下事，指点江山情。
谈笑有鸿儒，往来无白丁。
可以互切磋，推腹心。
无八卦之恶趣，无死怼之杠精。
现下华仲伯，[①]战国学苏秦。[②]
孔子云：何陋之有！

——2019 年 7 月 23 日于清华园

注：① 华仲伯指我本人。秋分三段，孟秋、仲秋和季秋，华家有三兄弟，本人行二，故而用仲代二称仲伯。

② 苏秦，春秋战国时博学善辩之士，其学问以"实务、务实"纵横谋略为基本特点。我仰之弥高，愿以其楷之。

水调歌头·迎发小聂磊回国省亲

温哥盼华回,仲夏得佳音。①
有朋自远,归来父母泪深沉。
繁花清香正盛,青草纤纤相映,倍忆发小情。
笑忆"聂部长",却有白玉心。②

忆当年,干校忙,好青春。
今时良夜,所喜情谊仍全存。
外卖烹香肉饼,唱酬交心换盏,共话往烟云。
相逢不容易,一醉玉楼春。③

——2019 年 7 月 24 日于五所大院

注:① 发小聂磊乔居加拿大,自温哥华回国省亲。此处岔用,又可寓意:温暖的哥归来中华。

② 因为聂磊从小个子小,长得慢,老"不长",我父亲当时戏称他"聂部长"。然,个子虽小,人却玲珑仗义,是为"白玉心"。武圣关云长有言:"玉可碎不可改其白,竹可焚不可毁其节。"强调志向高洁,丹心如玉。"白玉心"乃指心之洁白如玉也。

③ 宋朝戴复古有诗赠友人"相逢不容易,一醉楚江滨"。此处化用。

致吾儿华一同学三十岁生日

星光如花璀璨,
岁月总似流歌。
青舞飞扬的一九八九啊,
三十年前的今天,
华一,
我的儿子,
你像天使一样降临人世,
带给你妈妈和我,
无穷的欣喜快乐!

亲爱的儿子,
生辰总忆童年画,
可你无法忆到你母亲怀着你时的苦楚。
我们只记得:
你是火炬,
照亮了我们的生活,
——我们甜蜜幸福的果!

记得幼时,你的尿布就似一幅幅织锦,
每片总有标新立异,
却让我这个父亲半夜跑起,
乐此不疲。

再后，
从咿呀学语，
到顽皮少年，
风风雨雨，
你光着脚丫，
跟着我，
泥泞中前行，
漫步。
或许你看见了我艰辛下的疲惫，
而我，
看见了你个性下的乖巧、懂事。

华一，
今天我祝你生日快乐，
希望你永远拥抱青春的阳光。
今朝更看我的小龙腾空，①
翩飞惊鸿，
你异国求知寻高宇，
他乡前程逐梦飞！
博士，
律师……
一路飞越凌峰攻克难，
一路跋涉啸谷向大洋！

如今这温馨饱满的节日，

你三十而立,
我却别无所赠。
只以浅浅诗行,
告诉你父爱如山!

亲爱的儿子,
你今天生日的烛光里,
映照的脸庞,
或许有朋友,
有爱侣。
但老父我,
和你母亲在大陆的守望和祝福,
盼你一样感怀。

记住吧,
儿子,
男人的年轮,
不光是鲜花掌声,
更有波澜壮阔,
推动的是颤颤巍巍的责任。
愿你,
经年归来,
不仅仍是少年,
而是仍有那一份坦荡真诚、
浩气而立,坚韧如新。

儿子，
就让下边的话语化作未来的期许，
生日的勉励：
不求男儿黄金印，
但有正气满乾坤。

——2019 年 7 月 25 晚于内蒙古达拉特旗

注：① 华一同学属小龙。

七律·向鄂尔多斯

日紫流风齐猎骄,
草青山旷似波涛。
暮云碛垒好驱马,①
边夏平原怎射雕。

"护队将军"尘去障,
吟诗老叟远思辽。②
两车相扯同串笑,③
河套风光尽妖娆。

——2019年7月25—26日北京向额尔多斯达拉特旗

注:① 碛,读 qì,草地浅水沙石,沙石积成的浅滩。
② 此次与友出行,本人驾车,故自封"护队将军"。思辽,思及辽阔。
③ G7 高速几乎没有服务区,即便有服务区也没有加油站,致使我们一辆车无油,不得不由另一辆车拖行……

临江仙·踏歌
——记达拉特旗龙头拐沙河漠滩游

越野腾空开天景,
脚丫踏溪轻歌。①
西来共醉滚沙坡。
蹊径高碛上,
日辉映仙河。

狂渡河滩谁与我,
平沙浩渺人车。
英豪马上有二哥。
遥思古月圆,
大漠听金戈。②

——2019 年 7 月 26—27 日于内蒙古龙头拐

注:① 在龙头拐乘沙漠越野车做沙漠冲浪,赤脚趟沙河,野炊炖羊肉。
② 古人关于沙漠的诗词很多,如"大漠孤烟直,长河落日圆",同时也有不少描写边关、大漠征战的古诗,引人遐想……

蝶恋花·沙漠游记

伴友撑蓬尝野趣,
满目青黄,
淋水阳光浴。
赤脚之舒谁可语?
蓝衫墨镜弄沙玉。

白云翔飞朝似幕,
晚霞如歌,
金撒驱车路。
躺望蓝天身如煮,
西瓜堪比及时雨。[①]

——2019 年 7 月 27 日于内蒙古达拉特旗

注:① 此游在戈壁架帐篷、支锅灶、炖羊肉、开西瓜。一派炊野、旷游。

江城子·到草原

大漠草原任由行，
自京踪，
向碧穹。
辽远风物，
袅袅草青笼。
扶穗遥岑极目远，
无垠绿，
蒙古风。

碧川信步画图中，
木叶空，
花蕊浓。
遍地牛羊，
寻野何须弓。
常慕云水此地客，
年年至，
总相逢。①

——2019年7月28日作于达拉特草原

注：① 总相逢，是指此次接待我们的草原主人杨磊，他是达拉特旗知名企业家，涉农业、工程、建筑、科技诸领域。为人忠厚、重感情、讲实效、我们"总相逢"。

七律·蒙古包

圆穹英璧数毡房,
曼舞升歌纵牛羊。
烤肉哈达情多义,
头琴烈酒韵深长。①

风情篝火吟乡趣,
笛竹轻声挂月霜。
蒙汉洽融好兄弟,
鹿城杯杯满心香。②

——2019年7月29日于包头

注：①头琴，指马头琴。
②鹿城，包头之别称。

小重山·携老母与友自内蒙古返京[①]

携母同欢自北还,
此番游历看沙山。
天伦同趣绽眉间。
母亲乐,
白发面容甜。

蒙古大营边,
俊车人马踵,
怒衣鲜。[②]
烤羊架里共调盐,
母爱子,
肺腑此情牵。

——2019 年 7 月 31 日于清华园

注:① 此次内蒙古之行携 88 岁老母亲,历时六天,行程两千余公里。
② 怒衣鲜,是"鲜衣怒马"的简称。曲出岳云《鹊桥仙》"鲜衣怒马少年时,能堪那金贼南渡。"如果是身着鲜艳的衣服,骑着高头大马的少年意气风发,怎会让金贼南渡江。

口占一绝·向中州

行南自北作学游,
师生观景说郡侯。
窗外已近安阳域,
故事何处不中州。

洛阳寸纸尽显贵,
新郑轩辕仍方遒。①
今日重说昨日别,
春去夏往已近秋。

——2019 年 8 月 4 日午携学生于京往郑州高铁

注:① 这两句,一个用的是洛阳纸贵成语;另一个是说轩辕黄帝的祖籍在新郑,是表华夏文明之祖地。

鹊桥仙·校友中州会

夏欣欢聚,
伏牛山雨,
城绿校友情厚。①
曲融歌祝绕厅廊,
道友谊,
天长地久。

黄淮风美,
商都喜悦,
瞭望旷怡心透。②
诸君且把校训铭,
纵异域,
天涯相守。

——2019年8月5日于郑州

注:① 郑州又称绿城,位于黄河中下游伏牛山脉。校友,是指这次见面的清华大学校友会河南省秘书长豫蓉和车兄。
② 郑州简称郑,古为"商都",位于黄淮平原。

小重山·独酌中州

清酒宾楼料理佳,
轻斟且慢饮,
泛琼花。
独酌悠醉语无哗。
纳豆促,
笑脸透红霞。

云雾辨鱼虾。
牛舌添烤鳗,
晃步拿。
忽忆三曹心如麻。①
杯中趣,
梦里有诗家。

——2019 年 8 月 5 日夜于郑州日式宴厅

注:① 三曹,指汉魏时期曹操与其子曹丕、曹植的合称。

永遇乐·往信阳

过早乘车,将临七夕,今往何处。
大美申州,淮河流绕,北地江南暑。①
南湾遐思,鸡公心往,一爽旅途劳苦。
山黄柏,大别腹地,有朋挚邀来顾。②

叔敖智慧,春申豪情,应堪风气归楚。
孔丘仁贤,历游列地,战训当孙武。
萧衍发迹,成功奔台,怕是靠这南渡。③
我今且,毛尖盏盖,边听花鼓。④

——2019年8月6日上午郑州往信阳高铁

注:① 信阳古称义阳,弋阳,申州。有"北国江南,江南北国"之称。
② 南湾湖、黄柏山、鸡公山皆信阳名胜。鸡公山乃蒋介石最爱之避暑之地,然,失江山者之宠地,恐难再受宠,故而,鸡公山不为大众所知。
③ 孙叔敖、春申君皆为古信阳知名人物。此地还是孔子游历列国终结地、孙武练兵地、梁武帝萧衍发迹地和郑成功奔台湾出发地。
④ 信阳毛尖、信阳花鼓都是天下闻名。我今想着即将与友人边品着盖碗毛尖边听花鼓戏,何其快哉!

江城子·登鸡公山记[①]

登临云顶望晴空。
山鸡公,美图中。
瀑布霞光,雾海染林松。
夏莺花间微雨露,佛音处,晚寺钟。

青分豫楚遍山葱。
襟江雄,润蛟龙。[②]
怪石千花,溪泉挂奇峰。
炎黄蚩尤依仗融,插旗飘,鹃梅风。[③]

——2019年8月7日于信阳鸡公山

注:① 信阳鸡公山被誉为"中国四大避暑胜地之一",有"天下第一鸡"之称。
② 鸡公山"青分豫楚,襟扼三江",有"云中公园"之誉。"青分豫楚"是说鸡公山上可见河南与湖北的交界线。襟江雄,襟江是指长江中下游。
③ 传说炎黄二帝曾在此追击蚩尤,后一起融入中华文明。李自成兴义师,在此插旗阅兵,如今只剩下白鹃梅伴清风为证了。

蝶恋花·上鸡公山逢七夕[①]

一上青云佳节到，
愿这心遥，
织女今宵好。
谁欲鹊飞桥亲造，
让郎离泪年年少。

天下鸡公神仙道。
可助齐眉，
恩爱不烦恼？！
唯愿情如藤久绕，
神仙眷侣人间笑。

——2019 年 8 月 7 日于鸡公山

注：① 此七夕正逢我登临信阳鸡公山。鸡公山天下闻名，高耸入天，这"天下第一鸡"可否像喜鹊一样帮牛郎织女架桥团圆呢？我深感慨之亦祝福天下有情人终成眷属。

沁园春·到鄂豫皖苏区诸纪念地

玉露迎秋，金风渐爽，洽情正浓。
感申城挚友，热情洋溢，
陪行瞻仰，古烈英踪。
将帅前堂，黄麻故地，
忆昔红流染碧空。
博物馆，忠魂见证，中华英雄。①

先贤热血长虹，有浩气，长啸天地中。
赞江山驰骛，向前事业，
民生先念，唤起工农。
万里德生，润泽天下，
齐为人间趋大同。
愿世友，亲诚容惠，长久相融。②

——2019 年 8 月 7 日于大别山

注：① 申城，信阳简称。春秋战国时期春申君封地，唐朝时淮南道申州的州治地，故有"申城"之称。此次红色采风先后瞻仰鄂豫皖苏区大别山革命博物馆、将帅馆，中共中央分局旧址，红四方面军总部旧址以及几所故居，皆属"红色大别山"红色系列。

② 徐向前、李先念、李德生和许世友等都为共和国著名将帅，我此处嵌用，一句双关，尤其是最后句，结合我国新时代外交"亲诚惠容"的方针，用许世友表：愿世之为友，世界皆友，长久和平，发展……

醉花阴 · 旅信阳红安逢立秋

乍惊三伏昨已度，
车外禾香露。①
客旅遇金秋，
夜雨云峰，
草迥前番树。

西风阶下新凉路，②
早起轻盈旅。
此行到河南，
感受千番，
且与良朋语。

——2019年8月8日晚间于信阳返京高铁上

注：① 信阳素有北国江南，江南北国之称，淮河横亘于此，淮河以北产小麦，以南则种水稻，是明显的南北方分界区。
② 今天立秋，故而刮的是西风，西风乃秋风是也！

成雁南飞①
——记吾儿学成赴职

波大学成吾儿郎，②
告别蓝山图自强。③

谁道寒窗十年苦，
今朝立业鸿鹄翔。

——2019 年 8 月 13 日于京城

注：① 南飞，指波士顿向南飞往纽约，意即吾儿波士顿大学法学院毕业，被纽约谢尔曼·斯特林律师事务所录用。
② 波大，指波士顿大学。
③ 蓝山，指波士顿市一山名。

相见欢·观骆芃芃师生篆刻展[①]

大家古范今风,
展楼中。
刻篆江山秀丽,
写兰锋。[②]

流姿美,
风雅颂,
尽玲珑。
刀走韵挥龙蛇,
趣无穷。

——2019 年 8 月 21 日于北京国际展览中心

注：① 骆芃芃，中国篆刻学院院长。篆刻被美国学者罗肯特赞为"代表了世界美学最高成就"，体现了中华传统艺术文化魅力。
② 写兰锋，表兰气笔锋。

临江仙·清秋不轻①

最是初秋岁月匆，
光阴染皴金风。
偏偏公差又出行。
妈叫都不应，
倚窗听车声。

常想玩物遍九州，
谁人在乎精英，
分明野外知了鸣。
驴车料难卸，②
轻秋寄此情。

——2019年8月24日作于京往青岛高铁。

注：① 昨日下午抵唐山，处理学校举办国庆70年展制作相关事。今一早驱车返京，将学生作品搬运至学院，进家整理行囊又赶往高铁站赴青岛。
② 驴车，暗喻作者如驴拉车样，劳作不息。

五言·提壶探源

轻松海岱走,①
不归由畅然。
探究源流系,
今定提壶篇。②

晓强答疑语,③
学生聆箴言。
英光填迷壑,
醍醐灌堂前。

——2019年8月26日夜于海阳

注:① 海岱,海,是渤海,岱,是泰山。
海岱,是指今山东省渤海至泰山之间的地带。
② 提壶,这里指提梁壶。
③ 晓强指我的老师王晓强,这次是专程去青岛拜访,聆听他讲述壶的文化流脉。

七古·西山三叠①
——送聂晶回温村

河梁携手会有期,②
金风聚友草依依。
曾记春宾迎京客,
却忘秋饯送别离。③

一曲阳关行大道,
九主西山唱三叠。④
莫劝行者更添酒,
留下归来再作席。

——2019 年 8 月 31 日于西山

注:① 西山三叠,借用阳关三叠曲名,代指送别之意。
② 河梁,指桥,喻送别之地。
③ 此两句里的春宾,秋饯,是汉李陵《与苏武》"携手上河梁,游暮何之!……"春客秋饯一词,是指春天迎接客人,秋天送别好友。
④ 九主,指送行的九个人:作者母亲、马蜀平、任湘燕、朱朝军、皮燕枕和出行者聂晶等。

虞美人·迎夫人抵京[①]

托腮翘首银机啸，
今有归家报。
吾妻行路万千山，
犬子挥别相送，
彼岸间。

纽约瓦克西洋杳，[②]
愿儿人长好。
旅学泊外逾十年，
无尽艰辛坎坷，
梦终圆。

——2019 年 9 月 3 日于首都机场

注：① "迎夫人抵京"，是指夫人陪伴儿子在美国，经历了儿子博士毕业赴律所工作后返京的全过程。
② 此句是巧用，表纽约机场纽瓦克。

苏幕遮·三堡论坛

到三铺,追马祖。①
远岫青云,论道谈经哺。
谷映清声苍翠宇,万冥千思,春播秋收抚。

五郎遥,雕刻古。
峡似瑶琴,写在松石浦。②
岂止鸿儒高士吐,年少英才,更把峥嵘露。

——2019年9月6日于三堡

注:① 延庆东南三堡自古称"三铺",有军事内涵。此次开学举行学术论坛,追本思源。马祖,指马克思。
② 此地有摩崖石刻关于杨家将中杨五郎的传说故事。更有"弹琴峡"名胜。元代诗人陈孚曾写有"伯牙别有高山调,写在松风乱石间"名句。

香草之雾[1]
——值此教师节之际谨献给我的同仁

让你,
瑶草品来,妙味独传。
让青窗满雾,让雅口生莲。
把墨席抬来,
倾注得笔下如泉。
将访谈陋室,
熏染得味美回环。

看看诸葛武侯的云香避瘴,
品品禹锡侍郎的相恋两忘。[2]
雄才大略的主席,
让中国屹立在世界东方,
腹怀锦绣的邓公,
改革开放从那时起航。
鲁迅伏案,
写出千古文章,
子恺闭馆
绘出山河浩壮。
你啊你,
给了英雄伟人的力量,
又点燃了才子佳人的心房。

中华、牡丹，
你的名字大气雍然，
中南海、长白山，
给了我们多少期盼。
芙蓉王、七匹狼，
缭绕中有你桀骜的气焰。
黄果树、万宝路，
听起来都那么诱人适闲。
你啊你，
燃尽浮华成黑土，
缭绕千般悦我心。
你呀你，
上诱公卿大夫，
下惹舆隶妇人。[3]
既见证了纪晓岚的潇洒，
又陪伴了陆小曼的风艳。
"仙女"也是你
"老刀"也是你。[4]
印第安的土著，
欧洲大陆的水手，
英国的前线士兵，
法国的行商小贩，
都曾拥有你陪伴你，
与你相知缠绵。

因为你，

卡斯特罗的古巴奋勇向前；
因为你，
爱因斯坦搞出了绝世科研；
因为你，
斯大林加速了苏联工业航船，
因为你，
丘吉尔成了欧洲枭雄，
因为你，
罗斯福赢了二次大战。

真的是，
叶如绰菜，花似海棠，
逾麝兰气，胜百和香。
骚人孤馆处，
绣妇深闺中，
茶余酒罢后，
月夕风茶间，
闲来频吐无不宜，
只是肉身可投缘。
妙趣萦喉诸般趣，
养肝护肺慎之吸。

你这除烦解闷的宝草啊！
清香一缕胸中绕；
你这神怡心旷的馨香啊！
云里雾里乐逍遥；

你这多巴胺的催化剂啊!
令人心尖儿似猫挠。
摄卫堪比餐饮,
闷坐益气驱愁;
清心昼眠常啜,
终是戒之是为宜?⑤

一吐销尽万古愁,
人间自兹有清欢。
纵使伤身君恋惜,
掌上江山醉香兰。
光华万丈称坦然,
万事无忧也无烦。
神思喷云促膝对,
世情纷去赛神仙。

——2019 年 9 月 10 日教师节于清华园

注:① 今我写"香草之雾",实乃写烟。
香烟已经陪伴我整整 43 个年头。
1976 年上山下乡,那年我赶上周总理、朱总司令先后逝世,唐山大地震,毛主席逝世,粉碎四人帮等一系列大事。在 7 月 8 日朱德逝世当晚,我吸了第一根烟。今年五一患肺炎,医嘱戒烟,遵医嘱戒 50 天,复吸。原因,还是生活观致。
② 三国时诸葛亮避瘴气的云香草,经过栽培后,从野生烟演变为现今的晾晒烟。唐代刘禹锡的"马鞭烟袋细细通,两人相恋莫漏风。"就

是湘西人吸烟的写照。

③ 清朝王世祯记载的"今世公卿大夫，下至舆隶妇女，无不嗜烟草者。"说明当时除民间盛行抽烟外，在朝廷中抽烟之风也十分流行。

④ 指民国时期的香烟，有"仙女"牌，陆小曼就喜欢吸，也有"老刀"牌，毛泽东，鲁迅多抽这烟。

⑤ 吸烟有害健康，这是世界共识，不吸烟或早戒烟对身体是有益的。鲁迅每天抽两三盒烟。1925年的一次病后，医生给了鲁迅若干警告，鲁迅在写给友人许钦文的信中说："医生禁喝酒，那倒没有什么禁劳作，但还只得做一点：禁吸烟，则苦极矣，我觉得如此，倒还不如生病。"11年后，鲁迅因肺病去世。丰子恺1933年时曾著文说："我每天还为了糊口而读几页书，写几小时的稿，长年除荤戒酒，不看戏，又不赌博，所有的嗜好只是每天吸半听美丽牌香烟，吃些糖果，买些玩具同孩子们弄弄。"40年后丰子恺死于肺癌。本诗虽是写烟，仍不忘提醒广大人民群众吸烟有害健康，尽早戒除为宜。

七绝·中秋思子

月影清霜且捧壶,
思遥应念一时孤。
团圆万里不禁夜,
只听荷清冷水鸣。①

——2019 年 9 月 13 日于荷清苑

注:① 冷水鸣:由唐寅《临流试琴图》"临流试墨金徽拂,流水冷冷写七弦。"引发而用,表冷水有声,冷冷的声……

七律 · 小恙月下思

十五月亮十六圆，
却有吊瓶挂榻前。①
惯怠有常稀养逸，
须臾不屑弱残年。

健康常忘休闲趣，
病里方知世事烟。
且就修心调体略，
正身步出柳新天。

——2019 年 9 月 14 日于校医院

注：① 因肺炎住校医院。

临江仙·"祖国万岁"展览开幕式

华彩厅廊雕塑满,
绘诗陶染余音。①
清秋喜气照鎏金。
热情学子,作品气局新。

台展风光多点赞,
夜阑谁懂劳勤。
呕心数月始融今。
人间万事,玉汝靠艰辛。②

——2019年9月21日于清华主楼

注:① 绘诗陶染,是指绘画、诗歌、陶瓷、染织四个专业。
② "玉汝"乃取自成语"玉汝于成",磨炼的意思。

水调歌头·潞河同窗观展[①]

别久岂知思,
今日聚情长。
同窗来看,
华叟台展敢担当。
祥瑞林深清雅,
杯酒萱堂水木,
一面绽红光。
满楼琳琅品,
鸾鹤兆清霜。

话群英,关怀嘱,泪成行。
精神益壮,
携手祝福共呈祥。
肴馔欢娱甚短,
只为今庆华诞,
共祝九州岛岛强。
未来心更赤,
天地任翱翔。

——2019 年 9 月 23 日于清华园

注:① 中学同学来清华观看我教学中在清华主楼举办的学生作品展。

念奴娇·"祖国万岁"展开幕式

秋晨朝露,遇金风拂面,哪儿声鼓?
却是"因材施教"展,齐聚燕厅楼主。
陶染深沉,画增祥气,诗把山河谱。
"硬核"雕塑,更堪仙手鬼斧。①

开幕道贺尘来,温言相慰,忘却操行苦。
但看波涛儒雅气,共勉雯姝兰吐。
嘉伟翕张,衷情华表,世贵青平抚。②
谁曾言老,不须挥汗如煮。

——2019 年 9 月 24 日于清华大学主楼大厅

注:① "楼主"这里反用指清华主楼。"硬核"是流行网络词,原指电脑手机内存,是过硬、高质量的意思,最近有"硬核"产品,"硬核"人生之说。
② 向波涛,清华大学党委副书记。王雯姝,马院副院长,肖贵清,马院副院长。华表,马院教授。张嘉伟,美院雕塑系学生。他们是此次活动致辞及发言人。

相见欢·发小观"祖国万岁"展

相约齐上主楼,
聚难求,
信步清华看展、
乐轻悠。

发小赞,
齐声唤,
作品牛,
八届展铺滋味、
涌心头。

——2019年9月26日于清华园

诉衷情·同窗共飨教学成果展——"祖国万岁"

曾经同桌壮心酬，
书山架层楼。
研博共修马院，
学海任遨游。

追往矣，
溯源流，
业心修；
同窗今会，
共塑宏愿，
笑看金秋。

——2019 年 9 月 27 日于清华主楼

水调歌头·到武夷山

才感京华赞,又越武夷巅。
累经辛作劳苦,今似渐悠闲。
九曲竹溪梦桨,宫观丹霞雾冷,碧水袅如烟。
"五A"播名圣,奇秀仿如仙。①

青龙壮、岩骨漫,古景悬。
云窝青草原野,玉女惹人前。②
更爱舌尖光饼,瘦肉熏鹅怡解,糕漫数层千。
日下"红袍"煮,心满好个天。③

——2019年9月28日于武夷山太伟风景酒店

注:① 武夷山乃"5A"级景区,有"奇秀甲江南"之称。
② 青龙瀑布,岩骨花香漫道、悬棺古岩,云窝,玉女峰都是其中著名景点,此行当观瞻之。
③ 光饼,熏鹅,怡解,千层糕都是当地特色小吃,舌尖上的武夷山。其中"大红袍"国内外知名茶,煮一盏小酌之清雅无穷。

七古 · 游武夷走建阳

忙碌歇营在素商，
暂居太伟临幽窗。①
千峰武夷帝王谷，
九曲水道逐碧江。

梦里寻它千百度，
辗行闽北建盏乡。
魂牵六一泉中水，②
亲嗅水吉泥土香。③

——2019 年 9 月 29 日于南平建阳

注：① 素商，秋之雅称。太伟，指太伟风景酒店。
② 北宋诗人苏东坡任杭州通判时，经欧阳修介绍，访僧人惠勤。元祐四年苏轼再守杭州时，二人皆已死，忽有清泉出惠勤讲堂之后，为纪念欧阳修，因欧阳修自号"六一居士"，乃以"六一"命泉，且著泉铭。
宋人兴斗茶，而斗茶最时髦者当属用建盏以六一泉煮双井茶。
③ 水吉，地名，是为建盏古窑址所在村落名。

浪淘沙·国庆前夕品南平建盏

质韫炙纹丛，
热迎新朋。
黑瓷纹镂暗霞红。
总是兔豪烹玉液，
能醉芳容。①

闽北巧天工，
器美泽琼。
竹乡林海郁香浓。
把盏心期明亮剑，
天下谁雄？②

——2019年9月30日于南平

注：① 古人有"兔毫连盏烹云液，能解红颜入醉乡。"名句，意为用兔毫建盏烹茶，香云缭绕，能使在旁的美女都陶醉进入梦乡。此处化用。
② 福建南平据说有"林海竹乡"之称，我今居此地，期待明天的国庆大阅兵祖国亮剑。

玉人歌·国庆

天涯晓。
且看阅兵今,
长安清早。
祖国齐颂,
盛世永无老。
红旗耀展鲜花遍,
灿脸迎怀抱。
看雄师,
铿浑千声,
战机呼啸。

广场覆青葆。
更群众欢呼,
锦华满道。
亿万人民,
据此仰天笑。
身临南岭遥相见,
心为中华傲。
愿从今
四海河山长好。

——2019 年 10 月 1 日于南岭

满路花·南平向溧阳闲笔

"十一"南岭客,
忙碌找心安。
疑思天赐与,
暂时得闲。
浅池人静,
水瀑碧流翻。
书借烟岚景,
诗送西霞照晚,
如做神仙,
腹怀思绪向何边。

人到耳顺年,
事来闲看了,
任方圆。
不为活计,
堂庙秉持难。
从此后、
怡然着,
笔墨丝笺,
写清谷壑溪川。

——2019年10月2日于福建往江苏高铁上

五律·夜泊长荡湖

携娘湟里住,
又到老汤家。①
长荡游船杳,
灯芯绽百花。

蟹黄秋月满,
客至亲爷仨。
莫谓天涯侣,
往来忘岁华。

——2019 年 10 月 2 日夜于湟里

注:① 老汤家在常州湟里镇,今年春节我们在老汤家过的年。

浪淘沙·圆满
——祝"祖国万岁"学生作品展圆满结束

笔间长虹。
墨润流丛。
挥毫祝语暖心同。
意韵婀娜刚健处,
翰趣如恭。

展览乐重重。
盛世今逢。
笔中天廓太平浓。
收尽习风华夏看,
贺展成功。

——2019 年 10 月 5 日于清华大学主楼大厅

采桑子·又重阳
——记清晨由同学群之同学感慨而慨

清晨群里何人忆,
思绪憔憔。
感慨遥遥。
九曲运河载梦摇。

重阳只惜光阴捷,
谁要登高。
还是英豪。
插枝茱萸独自瞧。

——2019 年 10 月 7 日于陋室

浣溪沙 · 江汉好个秋

极目山川独自悠，
怡然江汉好个秋，
又来重上五檐楼。①

少小栖栖今忆忆，
夕霞闪闪水啾啾，
怀思怀旧几能收。

——2019 年 10 月 8 日晚于汉口

注：① 五檐楼，指黄鹤楼，这里为平仄用之。黄鹤楼飞檐五层，攒尖楼顶。

七律·双十不拾

错将罂粟作花栽，
离土别乡掘根来。
施者怎知帮丐意，
黄金何掷落空台。

秋容怎得春风面，
南橘总成北枳胎。
权当碎银朝天掷，
夜行高铁把家回。

——2019 年 10 月 10 日于武汉返京高铁

七律·赴宁夏

风轻气朗别帝京,
云中雁寄赴边城。
九迭大漠谱河曲,
一派塞上布垧行。

慕久银川心倍切,
初临宁夏体尤轻。
胡笳一拍贺兰美,
长河万里乐此程。

——2019 年 10 月 12 日于银川

临江仙·黄花枸杞葡萄行

遍地黄花吴忠走,①
沙丘碧彩相过。
万条河柳齐婆娑。
枸杞黑紫色,
萱草也成稞。②

最是葡萄时节唤,
问君重会何多。
罗山拾翠弄秋婆。③
天长地久远,
情与义相歌。

——2019 年 10 月 15 日于宁夏吴中红寺堡

注:① 吴忠,指宁夏五个地级市之一,居自治区中部。
② 萱草,俗为黄花菜。萱草亦代指母亲。
③ 罗山乃吴忠市一山,属祁连山余脉。

七律·师生重聚

兴迎弟子返京城，
师生重聚雅颂风。①
践身实地学致用，
直面基层心贵诚。

庙堂从来穷夙夜，
宦途愿不计公卿。
切莫自悖功名迫，
汉节冲寒做玉冰。②

——2019 年 10 月 20 日于清华园

注：① 雅颂风，由"风雅颂"而来，这里代指谈经论道，纵论天下。师生重聚，指我和硕士邱德宇同学。

② 汉节，古代指国家象征。汉代使臣所持的节由皇帝授予，实为国家的象征。汉代朝廷派往匈奴等处的使者持节，皇帝派往分封于各地的诸侯王的使者，同样要持节。正由于使臣持节，故此"使节"联称，沿用至今。冲寒，冒着寒冷。引证有，唐杜甫《小至》诗："岸容待腊将舒柳，山意冲寒欲放梅。"

玉冰，冰清玉洁也。

七律·饯行
——为弟子归程下厨设宴

南北将离两地遥,
杯中淡酒促心淘。
甘结袜系谁今愿,
作拜车尘敢畏劳。①

有这忘年相趣醉,
无边话语浑论韬。
老夫坐阅人间事,
德宇经年羽满翱。②

——2019 年 10 月 22 日于荷清苑

注：① 宋陆游《野兴》诗："宁甘结袜系,不作拜车尘。"结袜,本意袜子穿平整,在古汉语中多指为他人结袜。拜车尘,源见"望尘而拜"。指谄事权贵。这两句的意思是,我希望德宇在任为民,莫倾权贵。
② 德宇,乃我的研究生,在宁德任属县副县长。

声声慢·大地之子
——观清华美院董书兵甘肃瓜州大地之子雕塑作品感

黄沙金壁,裸露秃头,凝伏大漠天洲。
褴褛霜寒,有谁看此清悠。
欣然睡沉久稳,不含羞、车马攒头。
叹造物,塑新宠泥手,态憨疲球。

当是新牙将满,漏庭风、荒漠横卧山丘。
笑靥红腮,游人难舍停留。
帮他裤兜怎上,腚朝天、千古明眸。
安泰好,地中龙、沙岳无俦。

——2019 年 10 月 23 日于清华园

七律·证贺张然薄洁新婚[①]
——记为同窗之子新婚做证婚人

张灯喜气云辉照,
但看然菲斗丽华。
热酒薄杯笙画叶,
洁茶厚爱暖娇花。

新人乐挽双星并,
老友婚今两玉夸。
此夜美烛时易过,
满香映月绽新霞。

——2019年10月26日于北京隆鹤国际温泉酒店

注:① 同窗,指李莉同学。此诗乃藏头嵌入,从第一句到第四句,分别按照每行第一字,第三字,第三字,第一字串起来是"张然薄洁",后四句也同样按照如此嵌入,连起来是"新婚美满",八句合成"张然薄洁新婚美满"。

七律·又见木芙蓉

南行又见木芙蓉，
万树参差入九重。
隔窗远眸云卷彩，
入荆俯瞰水盘龙。

二山龟蛇斜阳晚，
独自江堤静听松。
何事令郎多适意，
去询拒霜①伴秋容。

——2018 年 10 月 30 日于汉口

注：① 拒霜，是木芙蓉的另一称谓。木芙蓉，木本植物，"芙蓉国里尽朝晖"即是指木芙蓉。水芙蓉则指的是莲花。

鹧鸪天·聚品东湖

灯火阑珊遇上玄。①
私家楚菜赛秦川。
八方来客吟风月,
模仿毛公胜管弦。

石总在,②
拢人缘。
东湖潋滟水青天。
明朝事罢郴州去,
只乘高铁不坐船。

——2019 年 10 月 31 日于武汉

注:① 今天农历初四,月初为上弦月。
② 石总,指我的朋友石亚军。

江城子·武汉会友往洪湖

射灯霜晚映云丛,
友朋逢,
醉芙蓉,
岂用琼浆,
茶道煮英雄。
今夜影珍留知己,
天马走,
华霞翁。①

一桥飞架掠窗风。
望江中,
畅思浓。
战地洪湖,
旧日炮腾空。
此慕远驰追伟烈,
今忆起,
岁将穷。

——2019 年 11 月 1 日作于武汉往郴州高铁

注:① 天马走,乃天马行空,独往独来之意;华霞翁,指作者,由徐霞客化之,有云游四海之意。

踏莎行·湘游湘问

岳阳楼台,
汨罗重渡。
郴州路径行无数。
老来新看问何缘,
此程寻道无应处。

希若烟花,
冀如朝露。
铸成此憾无评着。
仲淹从未临岳阳,
为谁担忧成名句。①

——2019 年 11 月 3 日自郴州返京路上溯湘游而作

注:① 范仲淹在岳阳楼题记留下千古名篇,其中有"先天下人之忧而忧,后天下人之乐而乐"。然,范仲淹从未去过岳阳。

新荷叶·祝母寿

玉碗新炉,
宴厅热气生香。
老少倾忙,
举家同贺亲娘。
贤媳暖酒,
仁儿子、
呵护身旁。
南山松老,
也盈白发如霜。

满味佳肴,
当年坎坷离乡。
且忆峥嵘岁月,
革命图强。
哺育膝下,
志恒久、
荡气回肠。
而今把酒,
祝福慈母呈祥。

——2019 年 11 月 5 日于京城

七律·又诗贺母寿诞

日月奔波看物华,
风光渐朔乐仙涯。①
兰香琥珀添金酒,
紫气祥云聚寿茶。

子唱南山衔雅趣,
媳和大海祝丹霞。
今逢寿诞家合日,
老母红光照满娃。

——2019年11月6日于荷清苑

注:①朔,代指冬季,冬季的风称为朔风。

浣溪沙·叶
—— 清华园秋末感

一地杏黄叶叶英,
清华处处影人形,
悄询冬近几秋声。

天意无情人强笑,
秋风何奈学忘情,
谁人木末望青萌。

——2019 年 11 月 6 日于清华园

七律·南行冬至[①]

南行高铁逢冬至,
远看车窗景伴身。
想得家中鲜饺煮,
儿孙绕膝满门新。

人临冬凌要随运,
事遇霜风成有因。
纵使人生常拌结,
心怀坦荡也成神。

——2019年11月8日往湟里列车上

注:① 陪宁夏友吕吉德赴江苏常州市湟里镇考察。

小重山 · 夏溪园冬

夏溪园冬谁共杯。
夜凉亭榭饮,
弄丛菲、
雅集泛论伴筠围。
红灯罩、
藤瘦白花肥。

老友话新梅。
天白石凳再,
有人陪、
拾芳园内踩青微。①
苏南好、
竟忘把家回。

——2019 年 11 月 10 日晨于上海松江

注:① 拾芳园,指湟里镇一处中式园林小院,由石亚军和吕吉德陪同。

虞美人·乘船往冲绳

吴淞暖日舟离埠,
前往冲绳路。
海鱼龙卷自朝东,
鸟瞰水流逐浪、
伴潮风。

看加勒比豪华伫,①
伟岸如航母。
与妻谈笑向霓空,
满目天波闪烁、
畅行踪。

——2019 年 11 月 11 日晚于往冲绳海轮

注:① 加勒比,指大型游轮加勒比号。

随　笔
——录东海浪

夕阳西下时，
心望海浪平。
碧水无风日，
波涛独自鸣。

——2019 年 11 月 12 日于东海游轮

浪淘沙·夕照也扬帆

千里海啸风，
吹乱衫红。
艇楼远目有谁同？
但看云霞日夕照，
寥廓苍笼。

海大展心胸，
万浪波重。
扶栏遥指向天穹。
更懂黄昏无限好，
遍海英雄。①

——2019 年 11 月 12 日子夜于东海渡轮

注：① 此处化用两个典故：一是古人的"夕阳无限好"；二是毛泽东的"喜看稻菽千重浪，遍地英雄下夕烟"。我此处化用为"遍海英雄"下黄昏。

水龙吟·抵冲绳

琉球东渡波回,仿见汉节驾帆桅。
一程心旅,上岛块垒,天问何慰。
暮霭霞云,草屐木榭,抹茶萦水。
缘番属同壁,汉唐恩雨,始近代,东夷匪。①

落日柔风椰丽,却凶涛、史观倭鬼。
溯回年久,纷飞战火,海腥血味。
还是今番,正帆潮岸,世平人惠。
纵云屏万里,瑶琴伴海,欢奏祥瑞。

——2019 年 11 月 13 日于冲绳县府那霸

注:① 琉球群岛历史上是中国的番蜀国,只是近代方被日本所辖属,设冲绳县(省)。

江城子·靠岸冲绳说琉球①

靠岸冲绳说琉球,
泪欲流,
感蒙羞,
有愧子孙,
心悔未深谋。
空有朝廷恩宠在。
宗主位,
枉成酋。

几曾家国难当头。
望涛久,
憾难休。
日落星升,
望断海涯楼。
以史为镜今当勉,
华夏共,
谨思忧。

——2019 年 11 月 14 日作于冲绳首府那坝

注:① 冲绳是琉球群岛中最大岛屿。

谢池春 · 会稽迪荡阳明行

琉球今返,江南下,山阴走。
黑马啸车程,欣喜逢朋友。
热语初冬暖,迪荡湖边候。
话殷勤,离别久。
唐诗之路,①李杜辞如酒。

高山碧水,人俊朗、杨琴奏。
大气看三中,风度还依旧。
典雅如萍丽,会稽山人诱。
今幸见,英杏秀。②
且将此景,当作春时柳。

——2019 年 11 月 15 日于迪荡湖畔

注:①"唐诗之路"是一条有形的路,沿线保存着李白等描写过的山水风光和文化古迹。
②三中、萍丽、英杏,指三位绍兴朋友。

七律·东西文化交流
——记俄罗斯学者访谈

一带一路论坛忙，
抽得功夫访学堂。
文化东西虽分土，
古籍善本难述祥。

今来吾处寻机注，
惯持经验论短长。
纵使蔽翁才身等，
栽得桃李难成行。

——2019 年 11 月 22 日于清华大学

念奴娇·抵北海道
——记华氏三兄弟同游北海道

此行何处,
万阁定山溪。①
东瀛绮丽。
冰雪玲珑,
原野畅际辽,
风流遐济。
凡临温泉,
木屋歌浪。
清酒人难起,
函馆一梦,②
觉来松雾千里。

今见冬水遐潇,
向谁边而去,
何须痕岁,
可有千番,
旻北海,
聚散谁人能记。
妙色芦花,
也寒光诗醉。
六雄何似?③

人生如旅,
梦回山莽陶淬。

——2019 年 11 月 26 日晚于北海道

注:① 定山溪,指北海道万世阁定山溪酒店。
② 函馆为北海道旅游胜地之一。
③ 六雄何似:六雄,指我华家三兄弟与同行另三位朋友。

沁园春·北海道行

此去扶桑，
觅得闲游，
尽享清冬。
向山间幽谷，
恰淋寒雨，
温泉岚现，
意满轻风。
学士生涯，
行舟旅迹，
都在胸襟感悟中。
游兴上，
望洞爷湖啸，
哥几成龙。①

唯山面面迎峰。
看千谷百壑云水空。
漫天黄金草，
寒烟莹碧，
满城霜叶，
夕照还红。
五角城郭，
函馆灯影，②

游者撩拨如酒浓。
一辈子,
尽情才豪放,
独作仙翁。

——2019 年 11 月 26 日于函馆

注:① 洞爷湖,北海道著名景观。
② 五角城,建于 1868 年,是函馆市政厅所在地,因由城郭结构呈五角而得名。函馆夜景为世界三大夜景之一而闻名于世。

离亭燕·北海道掠影

带水一衣如画。
云雾借冬倾洒。
雪漫海天寒风乱,
白练银光谐射。
老树衬冰洲,
留得热泉筠舍。

生鲜招牌高挂。
户外酒旗清雅。
多少汉唐中华影,
尽入游人辞话。
到此意何由,
刍议扶桑华夏。

——2019 年 11 月 28 日于北海道绿的风酒店

卜算子·北海道归乡

冬雪尽廖潇,
札幌风情翘。
北国流连数日驰,
似又人来少。

海岛蕞尔国,
文化东洋道。
笑对菊花摒弃刀,①
大爱仁皆笑。

——2019 年 12 月 1 日于札幌

注:① 日本具有文化的双重性:菊与刀。

青玉案·提梁壶

雄浑精气沉纹路。
妙万种、方圆处。
供酒盛波皆不误。
自凝莹体,
线条疏密,
总惹文人驻。

忆过苏轼发明苦。
仰眼看、提梁柱。①
自此提壶流万户。
静烹今夜,
清茶弄水,
天下心明素。

——2019 年 12 月 4 日于荷清苑

注：① 宋朝大学士苏东坡晚年不得志，弃官至蜀山，闲居蜀山脚下凤凰村上，喜吃茶，觉得紫砂茶壶太小。苏东坡思忖：我何不按自己心意做把大茶壶？可如果像别的茶壶那样把壶把儿装在侧面肚皮上，火一烧，壶把就烧的乌漆墨黑，且烫手。他抬头见屋顶大梁从这一头搭到那一头，两头都有木柱撑牢，灵机一动，将把儿改成了提，提梁壶应运而生。当然，这只是民间传说，实际提梁壶至少在战国就有成型。

沁园春·拜谒项羽故里①
——与中学同学同游②

飒冷江天,邀应故友,驾寒越冬。
古徐州一路,老墙新貌,
邳州下相,气韵呈虹。
据说当年,神君项羽,铁甲长戈真俊雄。
乌骓马,英声四海,称世腾龙。

"吞秦御汉"重瞳。
只是叹,良机成断鸿。
见厅前银杏,彩楼塑像,
灰青阶邸,落寞楼空。
滚滚乌江,万千子弟,魂梦江东逐汉中?
我辈且,横纵谈笑,浓墨千钟。

——2019 年 12 月 7 日于宿迁项羽故居

注:① 项羽,秦末下相(今江苏宿迁)人,灭秦有功,后楚汉相争为刘邦所败,自刎乌江。千年来文感书叹。古人评,"羽之神勇,千古无二"。李清照诗"至今思项羽,不肯过江东",也有评价他做事"妇人之仁",优柔寡断,失去大好良机终被刘邦所败。
② 与中学同学同游:延坡岭、王晨安、赵明青、张同乐、杨华、李莉和作者。

也琵琶行①

浔阳江头夜作客,
风轻月冷心愈热。
主为门生客为师,
八里湖水连天乐。

相别十载话难断,②
今宵一见泪成行。
濂溪堂前座中满,
俱是当初少年郎。

杯中晶莹真情溢,
交错祝福声震楼。
情忆"零九"那场雪,
奇缘清华恩深绸。

若非三生前已定,
岂见今番相拥头。
此景难忘可赋歌,
更看席上有仙娥。

且就夜色抒离情,
四十健儿心志凝。

明日高曲开新谱,
同把彭泽建新城。

老夫此饮同为证,
道尽师生醉朦胧。
待得他日再聚饮,
喜把英盏贺大功。

——2019 年 12 月 11 日草于浔阳江畔

注：① 此调仿唐人白居易于浔阳江作《琵琶行》。
② 相别十载,指十年前"九江青年干部培训班"在清华培训三个月,我即是教员,也是该班的班主任。

八声甘州·看庐山西海[①]

看匡庐西海瀑江泉,紫气半清氛。
共一帆船楫,弋行千岛,慨叹穹旻。
是处山鸥拥翠,奔散下峰群。
久不登高处,旷远今人。

日照万重波碧,望冠存仙境,灵气遥闻。
赞庐山绝代,毓秀化人文。
更高崖,师生共舞,鸿鹄驾凌云。
两代人,云居天上,返璞归真。

——2019 年 12 月 12 日于庐山西海

注:① 庐山西海,原名云居山—柘林湖,位于江西省九江市西南部,地跨永修、武宁两县,由大型水库柘林湖和佛教禅宗圣地云居山构成。

江城子·雪

纷飞雪絮点云丛,
猎寒风,
岁将穷,
屋内独尊,
赢病一衰翁。
远看晓窗齐花裹,
枝仍绿,
蕊还红。

杂陈五味小壶中,
亲虽浓,①
聚难逢。
望雪忽惊,
生灵俱蛰虫。
养息修身儒道佛,
人生远,
路途重。

——2019 年 12 月 16 日晨雪于京城

注:① "亲虽浓,聚难逢",指吾儿居大洋彼岸。

七言绝句·冬日暖阳①

冬晨合目向云天，
日慵风懒沐荷园。
暖屋适度人如意，
阳光怡养位天元。②

——2019 年 12 月 19 日于荷清苑

注：① 此诗为藏头诗：冬日暖阳。
② 天元：天之心，亦谓至高无上，亦谓岁时运行之理。

临江仙·导师组平安夜抚吾母畅聚值健心生日

冬夜彩灯街廊,
众喧追忆当年。
导师一组绽欢颜。①
平安喜韵,
阑瑞兆无边。

举案几多岁月,
齐眉更爱余年。
杏林寒暑都并肩。
诸卿永寿,
佳话历桑田。②

——2019 年 12 月 24 日平安夜于京北道乐

注:① 导师组,指本世纪初叶,一跨学科涉外培养博士生项目组,成员:杜大恺、朱育和、华健心、张夫也、华表五教授。
②《神仙传》里有个麻姑仙女,成仙后三次看到东海化为桑田。后人便用"沧海桑田"比喻世事久远。

一剪梅·一堂和气

一堂和气雍正徽。[①]
家也生辉,
国也生辉。
纲常伦理未痴迷。
爱也成规。
恨也成规。

和和相卿乐不支。
分也相宜。
合也相宜。
花长谢短怎疏离。
我也须知。
你也须知。

——2019 年 12 月 27 日于荷清苑

注：① 清雍正年间创制军机处，室内悬挂有雍正皇帝"一堂和气"匾额，据说是为鄂尔泰与张廷玉而题。二人同时入值军机处，以政见相左而不睦，雍正特为两人而书。

近日我向杜大恺老师求"一堂和气"之笔墨，有感于上。

我与你同在
——贺新年

新年的钟声将响,
期待新一轮春暖花开。
朋友们,
我以拙笔写下这首诗。
写给未知的远方,
写给浩翰的大海,
写给繁花如锦的梦想,
写给金色的未来,
我还写给山川、草原、溪流、江海……

这里有今夜霓虹的街灯,
有腊梅争春的云彩,
有北国沁园,
雪和翠柏。

来吧,朋友!
让我们共同赶上光阴的高铁。
善待每次命运的铺排。
2020有我与你五色的期待,
有每一张会心的笑脸,
有尘埃里丝丝的抚慰,

更有度尽千劫相逢为笑的大爱,
更有历尽沧桑依旧不朽的精彩,
……
就让岁月记录我们的奔跑,
哭哦 笑呀,
都是生命之花的绽放,
所幸每年,每月,每天,
我与你同在。
就这样执拗的
在时光里相守,
我与你同在。
是一颗心,
让彼此灵犀间的奇妙感应,
那份真挚超越物外,
我与你同在。
在这凛冽的寒冬,
何曾惧怕过冷酷与侵袭,
只知,
那经冬复春的温暖,
会和人间最醇厚的爱,
一起到来!
一直,因为,
我的祝福与你同在,
我的温暖与你同在,

——感恩
我与你同在!

——2019 年 12 月 31 日于荷清苑

沁园春·元旦夜

日暖稍回，北派天色，华清夜阑。
正万家今夜，红灯如昼，花欣人面，齐贺新年。
莫道时迟，新诗趁贺，水木冰消渐卉妍。
话吉兆，俱喜声笑语，奔走联欢。

岁新一转开端。
看书馆，人稀寒假前。
有学生赶早，书包打好，行装已备，神驰心弦。
万物新乘，老夫何愿，怅望西洋美丽间。[①]
这腊月，盼与儿齐聚，共度团圆。

——2020年1月1日于清华园

注：① 美丽间，暗指美利坚。

沁园春·饺子宴

腊八期夕，冷树新妆，花渐东风。
发小邀寒屋，舌尖雅会，同窗依列，春味年浓。
热语温情，逗嬉俏闹，喜气歌声遍府中。
茅台酒，但开怀畅饮，一醉腮红。

华钱楚赵雷彭。
张杨李焦周崔曹丛。[1]
盖美餐常客，烹蒸煮烙，厨间巧手，吃货英雄。
韭菜猪虾，萝卜土豆，粉薯黄瓜伴大葱。
熟毛豆，菜蔬精切炒，香趣无穷。

——2020年元月5日于五所

注：[1] "华钱楚赵雷彭，张杨李焦周崔曹丛"，这里是写参加饺子宴同窗之姓。

水调歌头·小寒

才聚梅花饺,又上"翰林"楼。①
一夜寒风呼啸,翘望尽白洲。
饶是凌寒三九,有兴进瞻央校,庭馆思新谋。②
但愿学识深,岂向万户侯!

寒山唱,晨街冻,斥方遒。
昨宵相醉年酒,风光展通州。
今看高阁宸紫,研讨民生国计,丹心月如钩。
老骥当伏枥,不负岁月稠。③

——2020 元月 6 日于清华园

注:① 翰林院,本处以加引号的"翰林"是借指。
② 央校,指中央党校。
③ 骥:良马,千里马;枥:马槽,养马的地方。比喻有志向的人虽然年老,仍有雄心壮志。语出曹操《步出夏门行·龟虽寿》:"老骥伏枥,志在千里。"

七律·己亥年小寒独感

隆冬瑞雪遍京桥，
雁北乡征鹊始巢。①
待暖冬梅缩衣袖，
畏寒细柳藏纤条。

汤锅涮肉增阳气，
红枣花生祈病消。
雉鸟哥哥陪我唱，
年年深冻育春苗。

——2020元月6日小寒午夜作于荷清苑

注：① 小寒有三候：一候，雁北乡（南雁北归上路回故乡）。二候，鹊始巢（喜鹊开始筑巢，客鹊：喜鹊的别名）。三候，雉始雊[gòu]（野鸡感阳气，弯曲颈脖开始放声鸣叫）本诗将"三候"都入了诗。

行香子·春饼亦酌

香漫杯盘。
色透舌端。
盛蔬鲜、卷豆芽弦。
饼芯装福,春祝人间。
品三分浓,三分淡,六分闲。

情忘春饼。
纤芽黄韭。
夹茼蒿、醉"久保田"。[①]
喜期春趣,祈盼丰年。
畅一些酣,一些雅,一些甜。[②]

——2020 年元月 7 日于荷清苑

注:① 久保田,日本清酒的一个品牌。
② 自宋到明清以来,吃"春饼"有"迎春祈丰"之意。明《燕都游览志》"皇帝尝于午门赐百官春饼"。

七律·接风忆长滩①

万里归至风尘颠，
发小又临运河边。
对岸晓乘银燕起，
京东已备接风船。

钟祥食客几亲至，①
燕北签书数旧年。
独有长滩记沧海，②
谁个重度忆八连。③

——2020 元月 8 日于运河畔

注：① 接风，指为发小聂晶自加拿大回京，为其接风洗尘。
② 钟祥，湖北钟祥市，50 年前二机部"五七"干校所在地。
③ 长滩，指湖北"五七"干校一小镇。
④ 八连，指第二机械工业部北京第五研究所（原子能研究所）湖北"五七"干校一大队第八连。

望远行·越洋看儿

长空远渡,寒风啸、旦夕儿亲相抱。
我心寸草,远重千里,
父母暗询可好。
怅望西洋,华华叩首,①举盏笑迎,团圆老小。
渐远行、回望京城忘楼杳。

谁晓。
华府离多聚少。
两地泊、忙如候鸟。
潜心字书,终结良果,一日苦辛皆扫。
须信勤劳乡梦,梁园虽美,②终爱家园袍袄。
报得寒窗笑,青春光耀。

——2020 年元月 13 日写于北京至纽约飞行旅程中

注:① 华华,吾儿乳名。
② 梁园,典出《汉书》:梁园虽好,非久留之地。梁孝王刘武,平息了长王之乱后,自负,抗击吴楚有功。在梁地大兴土木,以睢阳为中心,根据自然景色,修建了一个很大的花园,称东苑,也叫菟园,后人称为梁园。

七律·临新冠读《送瘟神》

绿水青山枉自多，
南山难奈病毒何！①
农村远避他方客，
闹市萧疏口罩多。

网络万心牵险病，
交通千路渐荒陌。
华郎外问瘟神事，②
尽看江城谱壮歌。③

——2020年1月23日腊月廿九日于纽约长岛

注：① 毛泽东原句"华佗无奈小虫何"，我今改为"南山难奈病毒何！"。南山，指院士钟南山作为组长的会诊专家组目前对新型冠状肺炎疫情也犯难。
② 华郎外问，是说本人现在国外对该事态的关切。
③ 江城，指武汉。

临江仙·乙亥除夕前夜

辛苦一年当最盼，
团圆不负奔忙。
消息突变疫情张。
聚年成侈念，
衣食住无妨。

万里还乡乡未到，
难多行旅诚惶。
搔头有户对孤窗。
岂虚毒疫甚，①
新岁待朝阳。

——2020 年元月 23 日农历腊月廿九日于纽约长岛

注：① "虚"，湖北武汉方言，害怕的意思。对待疫情既要谨慎对待，又要不惧，科学应对。

西江月·鼠年三十拜大年

故里深浓年味,
新春海外馨香。
山河祝福齐安康,
狮舞烟花常赏。

不求亲朋见面,
信息屏满吉祥。①
诚心正意拜年忙,②
万家今年顺畅。

——2020年元月24日上午于纽约长岛

注:① 明朝文征明《拜年》有句"不求见面惟通谒,名纸朝来满蔽庐",古人用纸送祝福,今用手机,吾化用之。
② "正心诚意、修齐治平"乃中国古士大夫之精神追求。

水调歌头·庚子元宵

避居成一色,不见路人行。
罩口遮脸防疫,九州祈魂灵。
可怖瘟神冠状,汹气遍染华夏,以命把天擎。
忐忑看全网,倾国抗疫情。

共团结,勤援助,爱心凝。
元宵年酒斟满,胜利泪晶莹。
相待花开春暖,毒怪烟消云落,① "天使"战魔赢。
此夜祝安好,"珍重"最深情。

——2020 年 2 月 8 日正月十五写于域外他乡

注:① 毛泽东有诗句"雄鸡唱,万怪烟消云落",此处我化用之。值此特殊时期,元宵佳节拜新年,一声"珍重"最深情。

临江仙·清华学堂庚子年
——记清华大学 2019—2020 学年春季学期第一堂课

水木乡光波绕,
柳岸急欲成行。
教学依网雨课堂。
舞雩难谋面,
归咏各在乡。①

战疫救人忙紧,
厚德尽载文章。
"加油"华夏援声锵。
唯将祈心待,
不日春风香。

——2020 年 2 月 19 日于费城

注:① 雩 [yù],古语常用"舞雩归咏"形容文人雅士开春中第一次大型集会活动。而如今因疫情影响,所以"舞雩难谋面,归咏各在乡"了,清华大学依靠雨课堂网络教学,这是特殊时期的特殊应对。开学了,我身在美国无法返乡,只能在纽约为地处北京的清华学生网上授课了。

沁园春·观候鸟 Middle Creek 慨[①]

春野宾州,银色汀沙,万鸟竞来。
看惊飞云外,散游群影,
临风嘻叫,欢乐无哀。
忽又成行,时旋时憩,直似仙湖动画开。
泽溪岸,遍休闲人海,观慕徘徊。

和谐此景美哉,叹万物生机谁主宰。
应自然造物,各行不悖,
若相侵害,势必成灾。
雪雁天鹅,悟通时令,远赴寒冬北极苔。
人间但,任翱翔友爱,生态无霾。

——2020 年 2 月 21 日于宾夕法尼亚州

注:① Middle Creek(译意:途中溪)鸟类保护区,位于美国宾州中部,区内 400 英亩为人工浅水湖。每年有十几万只雪雁,上万只加拿大雁、天鹅等候鸟在此栖息。雪雁从过冬的墨西哥起飞,直奔靠近北极圈的冻土带上的苔藓荒原繁衍后代。

蝶恋花·感帝王花书赠启蒙老师王淑娟[①]

蒙启初文如迈步。
玉壶冰心,带我诗书路。
粉笔竹鞭美人赋,那时谁解殷殷护。

帝王花冠菩提树。
论道疏疑,蜡炬情怀处。[②]
《卖菜》童诗当年慕,[③]师魂浩浩千秋贮。

——2020 年 3 月 11 日于纽约长岛

注:① 有感于年近九旬的小学一年级语文启蒙老师,赠诗勉励,不由得怀念当年谆谆教导,情不自禁作诗以谢之。

② 帝王花,又名菩提花,俗称木百合花或龙眼花,原产南非,是南非共和国的国花。我国青藏高原多有。该花的花语和象征意义:胜利、圆满、富贵、吉祥,被全世界誉为最富贵华丽的鲜花。留学佛子释本性说:"佛门中,菩提树是圣树。因为佛陀是在菩提树下成道的,见菩提树如见佛。帝王花(菩提花)的圣洁正好象征了师道师魂,也与佛教的传道度人异曲同工。

③ 我生日前几天和我小学语文老师王淑娟微信往来的内容。她写来两首诗,忆当年浇灌的小树现已成林:

(1)
春暖花开欢天喜地,母爱育儿心里沸腾。
亲邻朋友相互祝,大院老少都欢乐!
时光流水一眨眼,可爱的儿童变成年。

（2）

聪明伶俐懂礼貌，尊师爱友大家赞。

师徒出名上高榜，尊师重教传人间！

我（王老师语）这一生，教了两个最好的学生，除你外，还有一个叫王建忠，是工人的儿子，我永远忘不了你们。

华表回：

王老师您好！您的诗收悉，您还是给我们上课时的风采，情真意切！您是我语文的启蒙老师，我现在的行文断句，言语交流，甚或在课堂授课，撰写文章，都得益于您的启蒙，恩师，没齿难忘。[抱拳]时至今日，我仍能背诵小学的课文，一二年级语文课上您教给我们《卖菜》的诗歌还能朗朗上口：

卖菜

卖菜，卖菜！卖的什么菜？韭菜。

韭菜老，有辣椒，辣椒辣，有黄瓜，黄瓜一头苦，买点马铃薯。

昨天买的没吃完，请你买点葱和蒜。

光买葱蒜怎样吃？再买两斤西红柿。

西红柿，人人爱，又做汤，又做菜，

今天吃了明天还要买。

七律·海外旅居生日感

三月九州日渐香,
春风百谷鸟心翔。
猫居域外独生庆,
故里遥思夜梦长。

对镜银生丝万慨,
愁乡杯饮酒千觞。
襟怀笔墨何留憾,
桃李清歌满院墙。

——2020年北京时间3月13日凌晨
美国时间3月12日下午于纽约长岛

水调歌头·生日自嘲①

海外聚逢疫,风月亦同天。
不觉庚子时日,冠状逗人间。
慨叹今番生诞,故友亲朋难会,网络寄箴言。
情义最深重,世事梦如烟。

独家庆,妻儿伴,也呈贤。
鬓边银发,刚骨犹写笑名篇。
谁叹龙钟憔悴,"故纸"难如"当路",抗手谢少年。
汗水杏坛洒,此趣乐无边。②

——2020 年 3 月 13 生日于纽约长岛

注:① 古人常有生日自嘲之习惯。近代鲁迅等就写有自嘲诗。今吾生日效仿之。

② "故纸"指文人学士的著作文章;"当路"指高官厚禄入仕。
宋代诗人高斯得的《生日自嘲》很有意思。他说他自己一个寒酸的老者,生日这天出门遇到一个善调侃的少年,那少年对他说:"汝形何龙锺,汝色何憔悴。人皆钻当路,汝独钻故纸。故纸高泰山,一直一杯水。当路众所趋,汝独无一字。"最后,作者自己恍然大悟,还是入仕风光,"抗手谢少年",并表示从头开始入仕做官。作者表达的是一种幽默、诙谐和调侃。然,作为学者,杏坛育菁、做做学问是件有意义且有乐趣的事。

满江红·回国

回望家园,三月久、凝翠空门。
蜗滞海外听全网,战"疫"如云。
独酒闲翻苏武传,老妻相议汉昭君。①
向夜深、乡梦动襟怀,含泪痕。

如今撤,心黯神。
思绪重,不舍深。
五味诚惶恐,情怯杂陈。②
欧美中华同世界,全球凉热共医人。
冀文明、生态共和谐,天地新。

——2020年3月22日夜于纽约肯尼迪机场

注:① 元代尹志平的归家诗有句"一朝复到都门,如今一想一伤魂。休看苏武传,莫说汉昭君",讲的是在域外久居远离故土的不易。我今在外困居数月,既关注祖国抗疫,又要跟老外友好相处,跟华侨同胞们一起募捐彰显中华大气之风,真有点"苏武牧羊""昭君出塞"不辱中华的味道。

② 唐朝贺知章有诗"近乡情更怯,不敢问来人",讲的是久别家乡重回的一种陌生感,我今也"近乡情更怯",不仅"情更怯"心也怯,担心海外的疫情,担心飞机上的疫情,担心我今走后儿子的生活……深深不舍,五味杂陈。

病毒不分国界,谁又能独善其身呢……

相和歌辞·樱花赋①
——观武汉大学樱花图片有感

落樱路,玉带翠野铺,
片红起浪冰绽树。
白云与彩虹共长浦,红露与玉腕晶莹吐。
无奈人渺空画图,纸上绝美思念苦。
相思苦,芳菲不可驻。

江城三月人未露,宅居避疫花已暮。
花已暮,徒芳荃,如今更甚爱家园。
千株万片绕林仙,万朵水晶向空旋。

樱花复樱花,花丛绽烟霞。
兰秀香飘远,蹊径丝相洽。
如今人不来,春心徒烂漫。
娇花绽满墙,空把情人盼。

此情何以堪,反思问自然。
当惜造化爱万物,莫待病毒风卷残。

万事时有节,行动多祈天。
若有和谐且包容,便是英豪护人间。
岁岁樱君子,守信三月必期逢。

若将诚信播华夏，鸟香花语更几重。

——2020 年 3 月 27 日于北京美泉宫酒店隔离作[②]

注：① 有感于友人所发樱花图片，为其美景折服，适逢庚子年冠状病毒袭击荆楚大地乃至全国，作此以记之，一为记景，一为哲思。
② 从美国返京后，从首都机场直接被隔离在北京西四环的美泉宫酒店 14 天。

念奴娇·樱花叹
——观武汉大学樱花图片又感①

又逢春初,看珞珈、谁赏缤樱花露。
为藏疫情人未到,烂漫枝寒无数。
次第东风,落英香气,溅洒芳菲吐。
图中清美,仿佛仙境兰渚。

旦暮,绕树重重,
枝芽俊秀,可为江城舞?
或是赞情封守勇,如泣还当如诉。
天美花娆,惨然战"疫",谁解其中悟。
人间齐愿,故园春野长驻。

——2020年3月28日下午隔离作于京城美泉宫酒店

注:① 友人发来几张武大樱花图片,慨之。
今年珞珈山的樱花因抗疫,无人观赏,往年游人如织,今却满地落英。人与自然的博弈没人细细地品尝,而樱花铺就大道展现出宁静、绝美的景致,让人感慨。樱花因武汉悲壮的封城而展现出它绝美且往年不曾的恬淡……
愿庚子大劫永不再,樱花年年开……

临江仙·致抗疫勇士
——赠吾研究生都广燕同学①

芙蓉本是娇羞色,淡眉红晕桃腮。
如今火线壮兵排。
众民同疫雨,铿锵炼金台。

豹澥担当心似发,都云广燕豪才。
笑涡生死挚亲开。
江城梁红玉,我亦女郎来。②

——2020 年 3 月 30 日于京城美泉宫酒店

注:① 我的研究生都广燕同学,女,汉族,党员,清华大学马克思主义学院 2017 届硕士毕业生。现为武汉东湖高新区豹澥街道办事处党建办副主任科员。疫情在武汉发生后,她坚守岗位,尽职尽责,于细微处战"疫",表现出色,媒体予以报道。我感于斯,慰于情,作此诗,以敬之,以共勉。

② 梁红玉,宋朝抗金女英雄,在南宋建炎四年长江阻击战中,亲执播鼓,和韩世忠共同指挥作战,将入侵的金军阻击在长江南岸达 48 天之久。从此名震天下。后多代指女英雄、女豪杰。此处同时化用白居易《戏题木兰花》其中句:"怪得独饶脂粉态,木兰曾作女郎来",意思是可不要忘记我们的英雄也是女儿身,巾帼不让须眉呢。

南乡子·自纽约回国隔离感①

独座夜深沉,酒店隔离慨意深。
纽约疫情,儿挂心上,纠结,可怜天下父母心。

辗转苦心人,欲语新词泣满襟。
异域共天,金石万里,窗听,援外银机呼啸频。②

——2020 年 4 月 1 日美泉宫酒店隔离作

注:① 春节前到美国看望吾儿,居海外 70 天,辗转奔波回国又未能入家门,因疫情而隔离在酒店,线上为学生上课。面对眼下国内外情势,不由得思绪重重。

② 日本年初捐赠给湖北 20000 个口罩包装的标签上写着:"山川异域,风月同天"。源自唐朝崇敬佛法的日本长屋王造了千件袈裟,布施给唐朝众僧。袈裟上绣着:"山川异域,风月同天,寄诸佛子,共结来缘。"我国最近驰援疫情暴发国家的物资包装上写着"千里同行,坚于金石"。这些核心意思是我们不在同地域,未享同一片山川,但当我们抬头时,看到的是同一轮明月。我们不见彼此,但我们心意相通。道不远人,人无异国。人类命运共同体理念下的世界共担风雨、共沐阳光。愿世界会更美好!

水龙吟·奇遇
——记被隔离线上授课

望断水暖西山,隔窗眺远桃花李。
云间网课,师生高会,佳通款意。
妻子两地,书传微信,丹心语寄。①
念大洋万里,情思未减,
眶悄润,湿衫里。

幸有情怀抒写,对群生、潜声润细。
五湖论道,共惜桌座,麦传心意。②
云梦天涯,武昌海外,英雄应记。③
忘隔离夜苦,问何节令,正清明气。

——2020年4月2日于隔离酒店作

注:①"妻子"在这里不是指现代意义上的配偶,而是仿古之用包含"妻"与"子"两个层面。
②麦传,麦克风传递。
③这是说课上也与学生交流疫情事,这次抗疫,无论国内国外,那些英雄们可歌可泣的事迹,应铭记。

南乡子·美泉宫酒店隔离再慨①

海外疫汹强,同肩守望,铁血担当。
回首春来冬去事,心伤,武汉当时万众扛。

滴水涌泉浆,今桃报李,援助西洋。②
海外九州皆一体,祈祥,驱散疫情诉衷肠。

——2020年4月4日于京城美泉宫酒店

注:① 从美国返京后,因防疫被隔离在北京西四环美泉宫酒店,在酒店给学生网上授课。所发录像是,运往纽约的救护车。

② 中华民族有"滴水之恩,当涌泉相报",也有"投我以木桃,报之以琼瑶"的传统。在中国抗击疫情的艰难时刻,一声声"武汉加油""中国加油"自四面八方来。如今疫情在全球暴发,伤痛未愈的中国,派出一支支救援队,奔赴医疗脆弱、感染严重的国家和地区。向世界积极分享中国经验、贡献中国方案。有一种援助,叫中国援助!

鹊踏枝·清明泪
——新冠隔离遇清明无法脱身网上祭慈父

渐近东风花柳坠。
四月风微,
犹冷寒烟碎。
网络灰白悼声配,
今年多少亲人泪。

车声上路行难兑。
日日隔离,
怎往西山跪?①
千古孝统中华美,
如今小赋蒙憔悴。

——2020年4月4日于京城美泉宫酒店隔离作

注:① 年年清明时节均往京郊西山慈父之墓田祭奠扫墓,如今隔离于美泉酒店,只能望山遥祭,憔悴赋词。唐朝孟浩然《清明即事》有诗句:"车声上路合,柳色东城翠。"此处化用。

慈父安好,爱子遥跪。

七言绝句·"九头鸟"
——诵我之第二故乡人①

神凤英名岂论妖，②
天高楚阔气心骄。
江城战疫涅槃后，
千里东风今弄潮。

——2020年4月5日于北京美泉宫酒店隔离作

注：① 湖北乃我第二故乡，我出生8个月在襁褓中便随父母自京城调荆州沙洋农场，两年后调回北京，这是20世纪50年代的事情。20世纪60年代，文革时期值我少年时期随父母再次赴湖北，惊人的一致，还是在荆州地区，这次是湖北"五七"干校下放，一去即是三年。我孩童少年前后两次湖北生活累计5年，故而湖北是我的第二故乡。

② 神凤，这里指"九头鸟"被妖魔化、被误解。九头鸟原为神鸟，称九头凤，备受尊崇。但秦汉以后，九头凤的称呼便消失了，代之而起的各种各样的称呼，其中九头鸟便是其中之一，一种神鸟逐渐沦为了怪物。

九头鸟最初记载于古籍《山海经·大荒北经》中："大荒之中，有山名曰北极柜。海水北注焉，有神九首，名曰九凤。"由此观之，九头鸟（凤）乃战国时期楚国人最崇拜的神灵之一。

九头鸟作为一种图腾崇拜，是正面的，表意为神圣、吉祥、勇敢、智慧、聪明、命大、命硬，百折不挠……

这次疫情我们看到了湖北人民上述优良特质。

江城子·妻健心天津隔离结束返家感①

津门北望向燕山。
鸟脱缠。
马离鞍。
百里驱车,
曾恨见亲难。
谁料归家千转险,
遭劫后、泪然潸。

语传三地问平安。
子心担,母愁烦。
今看自由,
我尚宅中单。
待得明朝同水木,
相视笑、拥栏杆。

——2020 年 4 月 6 日于京城美泉宫隔离作

注:① 与妻子健心自美国返回途中,被隔离在天津,近段时间的生活状态可谓"相隔无纸笔,微信报平安",加上仍在纽约的儿子,一家三口互相牵挂、担忧,实是揪心。幸今日妻子隔离结束,已从天津安全返抵清华园家中,我不由慨然记之。

沁园春·回家
——自纽约回京被隔离期满归家记

日子悄滑,计算隔离十四华章。①
看喧街楼外,新蕾柳绿,
谈生意者,往来门墙。
随意衣冠,体倦身懒,多少晨昏未新妆。
今解放,但平安二字,感慨深长。

归程心境苍茫。
我更叹三人各一方。②
道瘟情汹涌,当时别离,
心情难述,泪洒机场。
安好而今,平生未怕,仰天长歌又何妨。
愿天下,共太平欢欣,世泰民康。

——2020 年 4 月 7 日作于家中

注:① "十四华章",指我 14 天的日子,在北京西四环美泉宫酒店隔离 14 日,每天可谓一个乐章:读书看报,吃饭睡觉,喝水吃药;关注时事,信息喧嚣;备课网上,清华学子楚翘;支部工作,项目申要;有感入诗,喜骂怒笑;世界风向定睛调,二零二零换旗炮……

② 三人各一方,指我在北京,妻在天津隔离,儿则在大洋彼岸。

定风波 · 松绑
——隔离解禁朋友为我接风压惊记①

劫后朋邀映碧窗,
春风尘洗小蒜肠,
酒趣入心杯底烫,
欢畅,
红光不醉涮羊汤。

莫使金樽空月望。
心漾,
人生得意怎无狂。②
有人问今诗可忘,
谁唱,
水木荷苑百花香。

——2020 年 4 月 8 日晨于荷清苑家中

注:① 胞弟及一桌朋友在"砂锅居"为我接风压惊。
② 李白:《将进酒》"人生得意须尽欢,莫使金樽空对月",此处化用。
隔离解禁,老友相邀,共接风洗尘,历险之迹,劫后余生,慨欢乐不易,平安更难,故选用"定风波"词牌。

鹧鸪天·以茶洗尘[①]

西山三月草依依,
水木近春亭榭居。
风尘一洗聚兄弟,
"舍生万死"相会时。

湖边柳,
和风席。
从来仁者爱书诗,
同缘同趣味甘菊。
提梁烹腾春水焗,[②]
沏得情谊平安辞。

——2020 年 4 月 12 日于清华园

注:① 以茶会友,寓接风洗尘。
② 焗,中国传统烹调之一法,即利用蒸汽使密闭容器中的东西熟之。

永遇乐·"五四"感

嫩绿翻菲，玉英裁剪，人在春暮。
翠影烟浓，桃蹊华苑，情韵知月五。
风光佳节，晴和天气，此日有谁歌舞。
来相赞、青春不朽，岂虚道艰且阻。①

忠肝义胆，冰霜经年，怎凉热血如暑。②
学术甸园，象牙塔柳，论道名可着？
英雄谁问，江山文字，敢笑万般粪土。③
共相勉、廉颇不老，韶华仍吐。

——2020年5月4日于荷清苑

注：①"虚"：借用方言，是"怕"的意思。青春，是哪怕万人阻挡，也不曾投降的倔强；是哪怕道阻且艰，还是一往无前的无畏；青春不曾褪色，依旧光芒万丈。今天，五四青年节，愿岁月不老，青春不朽！
② 梁启超自封饮冰室主人，有"十年饮冰，难凉热血"名句，我此处化用，忠肝义胆，热血难凉。
③ 毛泽东《沁园春·长沙》："指点江山，激扬文字，粪土当年万户侯"，展现青春的潇洒和激扬。

七言绝句·立夏

清早步遣柳外凉，
鸭潜鱼戏依河床。
碧波涟漪参差起，
立夏无莲水也香。

——2020年5月5日于清华园荷塘

七古·九江行

六月浔阳樟木香,
八里湖荡水悠长。
若是先知九江美,
何必趋之下苏杭。

鄱阳碧波映五彩,
匡庐云雾吐华章。
更有同道心向远,
南山悠然我心翔。①

——2020年6月9日上午作于九江返京高铁

注:① 南山,取陶渊明"采菊东篱下,悠然见南山"句。陶之南山即庐山。九江之行收获满满,悠然之心尽染南山。

七古·夏至逢父亲节思父

老父魂灵何处寻?
京城郊外夏渐荫。
半生总忆天伦趣,
今换窗野看流云。

桃李书香润旧墨,
水木诗醇浸新尘。①
燕山今逢夏至日,
遥祭家严泣满襟。

——2020年6月21夏至日清华园写于父亲节

注:① 水木,代指清华园。出自晋·谢混《游西池》诗:"景晨鸣禽集,水木湛清华。"

七绝·端午

又到榴花五月天,
家家粽香飘屋前。
我只雄黄病榻下,
卧听紫竹调心弦。①

——2020 年 5 月 25 作于病榻

注:① 紫竹,指中国传统乐曲紫竹调。调心弦,"调"这里发 [tiáo] 音。

江城子·荷塘至运河①

荷花初绽孕莲蓬。
京东行,运河停。
仲夏之列,
静思远空灵。
忆得少年梦辛得。
到此地,念知青。

谁答半生引前擎。
鬓已白,倦霓旌。②
弄支钓竿,
河边唱渔翁。
莫笑人生后半程。
识马力,晚霞红。

——2020 年 7 月 4 日于京东运河之畔

注:① 该词之题目"荷塘至运河",表如今自清华园之荷塘赴京东运河,故地重游,令我不禁回忆青少年在京东做知青插队的日子,下乡三年后我考取大学告别运河,后步入清华教书。
运河之畔,芳草依依,人生历历,一晃几十年。慨于此地,感于此景,谨作词于此,记之。
② 霓旌,五色旗帜,实多指王者之旗,庙堂之意。

江城子·老夫驾三轮车感[1]

老夫乘兴驾三蹦。
且从容,巨拉风。
电掣流星,
快马踏飞鸿。
今问加鞭何向去,
任性走,复西东。

那时年少下乡中。
志成龙,向江空。
拖拉机隆,
骏马怒英雄。
大稿村头谁共话,
唯记起,火花红。[2]

——2020年7月8日于清华园

注:① 北京土话习惯将三轮车称之为"三蹦子"("蹦"音 bēng)。三轮车分为前后两个部分,前部有一个可以转向的车轮,车把、车铃、车闸、脚蹬子和车座,用链条带动后部的车轮转动。

② 此情此景,不禁想起当年上山下乡,梨园公社大稿村插队开拖拉机、驾马车的经历,甚为感触。

火花红:那是个火红的年代,知识青年红心似火。

水调歌头·观《苦干,中国不可战胜的秘密》纪录片感

仲夏七月好,观影欲轻松。
谁知追录深邃,灵肉烤煎中。
探讨未降奥秘,华夏不弯宁折,沧海问屠龙。①
十四年展抗战,防空智无穷。

勤且勇,坚又善,志气重。
中华浩气,尽在卓绝斗争中。
虽是小民市井,升斗朝夕烟火,团结协作工。
胜利鲜花日,敬礼赞英雄。

——2020 年 7 月 7 日作,7 月 10 日完稿于清华园

注:① 屠龙之术是一个汉语成语,意思是指极为高明的技术或本领,表奥秘、诀窍、内在秘密。这里指纪录片反映了苦干、乐观、韧性、坚强是中国不可战胜的秘密。

永遇乐·经青岛至海阳

千里驱驰，疫情仍谨，人向何处。
青岛行经，胶州最好，诱我奔东路。
悦君心采，扫描窗景，如数家珍无数。
有蓬莱，襟居海北，大秧闹歌载舞。①

逍遥晴淼，海阳远黛，万米海滩光顾。②
恭贺楼盘，新开邱友，不顾樱桃误。③
天容海色，英雄荟萃，齐鲁灵云高古。
紫荆苑，④天住将相，地居神主。

——2020年7月21日于海阳

注：① 海阳大秧歌据现有资料可追溯到明初，兴盛时期大致在清朝中期，距今已有600多年的历史。当地有民谣："乡下秧歌进了城，先拜娘娘后耍景；正月十五不进城，过日来了撵出城。""没有秧歌不叫年"已成为海阳人的一句口头禅。

② 海阳万米海滩海岸曲折绵延20多公里，沙细、浪稳、坡缓、水清，是中国最好的海滩之一，海滩地质全部为沙质，沙粒均匀，是天然的海水浴场。

③ 海阳大樱桃：有"春果第一枝"的美称。共有32个品种，年产50万公斤，占全国总产量的80%。我今暑夏才来，恐已错过樱桃时节。

④ 紫金苑，吾邱兄新楼盘名，今日开盘，剪彩仪式。

采桑子·日昇天红[①]

多朋多友相欢庆,
丽景楼中。
金紫相逢。[②]
十载海阳说雨风。

应杯只听恭亲语,
兄弟围拢。
宗亲圆融。
吉照日昇漫天红。

——2020 年 7 月 23 日于海阳

注:①"日昇"乃邱兄企业名。
②金紫,指紫金,此倒置为平仄之故,紫金表邱兄楼盘名。

少年游·儿子生日感

"沐儿"三朝恍昨夜,
而立已华光。①
又值别散,
蹒跚老父,
向海望洋邦。

唯期志展冲天翼,
赋你壮心锵。
锋芒兰桂,
厚德载物,
"愚鲁"更增香。②

——2020年7月25日于海阳返京高铁

注:① 三朝,指三朝礼,古代传统生育风俗。婴儿出生第三天或满月,都要为婴儿洗澡,叫"洗儿",并要举行贺喜酒宴亲朋。《论语·为政》子曰:"吾十有五而志于学,三十而立,四十而不惑,五十而知天命。"

② "愚鲁",苏轼有《洗儿诗》:"人皆养子望聪明。我被聪明误一生。唯愿孩儿愚且鲁,无灾无难到公卿。"既表达愤懑,也告诫儿子才华只是一方面,君子当朴实厚德,方能成大器。我今化用之以勉小儿。

浪淘沙·南戴河

仲夏海边游,
寥廓心悠。
恩师伴友共绸缪。①
碧海黄沙翻作浪,
谁驾扁舟。

老少鬓霜头,
时似沙流,
水花更溅两心酬。
潮弄水撩迷故客,
快意惜留。

——2020 年 7 月 27 日于南戴河

注:① 恩师,指朱育和老师。

石芳华园铭[①]

楼不在高，有文则名。
屋不在奢，有墨则灵。
斯名华园，惟吾谊存。
石间藏芳气，华寓传韬神。
谈笑有学士，往来商家云。
可以品佳茗，赏清景。
无车马之喧嚷，无闹市之杂音。
燕山华清苑，江城中山门。
华子曰：何奢之有？

——2020年7月31日南下武汉高铁作

注：① "石芳华园"是我和朋友在汉口打造的一处文化雅集。朋友姓石，取我俩的姓氏命名之。今开集雅颂，我为此作"石芳华园铭"。

七律·踏荆布新

荆州七月暑蒸昏,
不坐江船乘火轮。
江汉何多才学士,
郢都不少艺高人。

一生执著青渐暮,
半世更张白发新。
欲着章华莫要问,
再成事业踏荆榛。

——2020年8月2日下午作于赴荆州高铁

七言绝句·庐山邀友会事

几曾匡芦尽逍遥,
白鹿洞下敬舜尧。
今到此地游无兴,
为友遭迫立中宵。

——2020 年 8 月 5 日于九江

七律·秋来杂赋

博征放浪是男人,
江海逐波汉子身。
烟染万顷鸥梦远,
水云千里鹄翔尘。

解甲自问何多事,
老来作答不负春。
半世俱还少年梦,
盖棺谁个羡翰林。

——2020 年 8 月 8 日荷清苑

水调歌头·千里之行始于足下
——贺经典老爷车观展暨老式汽车文化研讨会成功举办①

世纪坛齐济,经典话流传。
展中车色怎样,古貌涨金山。
倚尽厅堂杰观,满目琳琅呈玉,华盖紫多鞍。
"老爷"何曾老,风采现依然。

工业史,美学展,典藏渊。
莫嗟器物无道,推广始终难。
今看群英午宴,学士儒商资佬,齐话圆石滩。②
何只西方亮,使命我来担。③

——2020 年 8 月 19 日于北京世纪坛

注:① 今天在北京世纪坛举办老爷车观展及老式汽车文化研讨会,主题是:"推展国际经典汽车,立足民族,服务人民,打造经典中国制造;千里之行始于足下"。
今天出席活动的有北京市前副市长胡昭广老师;清华大学原党委书记贺美英老师;清华大学前副校长张慕葎老师;清华大学文科资深教授杜大恺老师;中国科协办公厅主任王进展同志;清华大学美术学院教授华健心老师;清华大学清尚集团副董事长田海婴先生;参加今天活动的还有主办单位国杰研究院院长裴兆宏院长,副院长朱育和及夫人;参加活动的还有社会各界来宾和知名企业家。活动由清华大学教授华表主持。

② 圆石滩车展 (Pebble Beach Concours d' Elegance) 是一年一度全球最著名的顶级古董车盛会，始于 1950 年，它的举办时间为每年的 8 月中旬，展会时长一周左右，地点位于美国加州的圆石滩高尔夫球场。

③ 老爷车发祥于西方，我们并不能仅仅停留在展示、推介西方汽车产业的层面，更要通过老爷车撬动一片蓝海，带动中国汽车制造业，带动中国高校的设计，带动青少年对科普的热爱，推动中国制造，提升民族工业的制造设计水平，打造中国新时代理念的老爷车概念，打造中国气派的老爷车、经典车。

经典汽车推展项目既志存高远，有远大的理想，又要脚踏实地，一步一步扎实推进，让我们现在就迈出第一步。

让我们携起手来把经典收藏转化成经典品牌、经典制造、服务人民、服务社会。

七古·观车展

华盖香与材唯美,
功效多样制杂繁。
七色靓丽西土驾,
三光斑彩我民援。

路途通便辖侬辆,
千里之行凭借辕。
莫说欧人奇技巧,
当知落伍愧轩辕。①

——2020 年 8 月 20 日于荷清苑

注:① 车,相传是轩辕黄帝发明。

七律·半壶酒
——为某酒业集团创制"半壶酒"而作

兰陵美酒醉诗仙,
怎比半壶耀大千。①
玉盏晶莹醇厚厚,
金杯泛彩乐绵绵。

知音剑客歌潇趣,
故友美人舞月翩。
且忘红尘多少苦,
平生一醉付华年。

——2020 年 8 月 27 日于荷清苑

注:① 李白《客中行》有诗,"兰陵美酒郁金香,玉碗盛来琥珀光。但使主人能醉客,不知何处是他乡。"此处化用其典。

七律·南郊行

休罢几天又出行，
身肩公务大兴城。
秋风桃李疾驰奉，
晴空万里漫语程。

三百亩沃土楚翘，
四万米楼宇云生。
此行谁解吾心绪，
大道至简隐我声。

——2020 年 8 月 28 日于南郊大兴

菊　　泪
——主席祭日，怀念毛泽东

那日与您别，
今又九月回。
重读您的诗，
醉了花的蕊。
五九菊花飞溅泪，
滴滴含馨牵肠回。
基业不覆水，
涓涓瀚海汇。

菊花也有泪，
光阴累成堆。
花繁秋来时
九月九日美。
待您来日款款归，
又见山花烂漫睿。
菊花不流泪，
与您笑颜飞……

——2020 年 9 月 9 日作于清华园

高阳台·始于足下
——记再观经典车共议中国造①

世纪坛东，人声鼎沸，旌旗车马兴悠。
闪亮豪身，金章宝带红羞。
八方贵客今齐聚，语未阑，佳话鸿猷。
好风情，值教师节，感慨金秋。

国杰矢志深谋，但有凌云远望，藏典研求。②
策略方针，燕山叠鼓催牛。
千山万水虽难至，盼万家，驾骏如舟。
且思量，古典新风，挥斥方遒。

——2020 年 9 月 10 日于北京世纪坛

注：① 今天在北京世纪坛举办世界经典车收藏观展及老式汽车第二场文化研讨会。主题是："推展国际经典汽车，立足民族，服务人民，打造经典中国制造；千里之行始于足下"。
② 国杰，指国杰老教授科学技术咨询开发研究院。

荷 清 苑 歌
——仿唐寅《桃花庵歌》

荷清苑里荷清香，荷清香生荷芰秧。
荷芰秧田育桃李，又思桃李临秋霜。
从教多记日寒暑，研讲哪管世事凉。
半教半研年复岁，清晨孤照对孤霜。
人言迂腐不堪闻，清影潦潮谋稻粮。
我自悠闲看白云，笑为他人作衣裳。①
若将学者比商贾，象牙塔比名利场。
若将商贾比学问，终归学问流芳长。
谁人追逐香车跑，我辈著书立说徉。
不见佳人断真语，此心安处是吾乡。②

——2020 年 9 月 19 日于荷清苑

注：① 出处：唐代秦韬玉的《贫女》"苦恨年年压金线，为他人作嫁衣裳。"此处借用是说当一辈子教书匠忙来忙去，自己清宁向远，欣慰于育有桃李四方。

② "此心安处是吾乡"，出自宋代大词人苏轼的《定风波·南海归赠王定国侍人寓娘》。原诗的意思说：我问你："岭南的风土应该不是很好吧？"你却坦然答道："心安定的地方，便是我的故乡。"苏轼好友王巩歌妓柔奴的回答，告诉我们精神安顿的地方就是我们的家乡。我个人理解：心之所向亦可谓"乡"。

五律·鹫峰行礼①
——记邱总部封顶仪式

连江闽水阔,
南下领金风。
远道鹫峰礼,
喜迎山上逢。

彩霞云里映,
草叶莽中红。
遥望沧浪滚,
峰巅长咏同。②

——2020年9月22日往连江

注:① 鹫峰,鹫峰山,或称鹫峰山脉,位于福建省宁德市境内西部与南平市交界处。北接由浙江延伸至寿宁的洞宫山余脉、南隔闽江与戴云山相望。

② 峰巅,这里代指封顶。表山之屋封顶仪式。

拾光集

华表 著

清华大学出版社
北京

版权所有，侵权必究。举报：010-62782989，beiqinquan@tup.tsinghua.edu.cn。

图书在版编目（CIP）数据

拾光集 / 华表著 . —北京：清华大学出版社，2023.11
ISBN 978-7-302-64866-6

Ⅰ. ①拾… Ⅱ. ①华… Ⅲ. ①诗集 – 中国 – 当代 Ⅳ. ① I227

中国国家版本馆 CIP 数据核字（2023）第 202871 号

责任编辑：杨爱臣
封面设计：华健心
责任校对：王凤芝
责任印制：丛怀宇

出版发行：清华大学出版社
    网　　址：https://www.tup.com.cn，https://www.wqxuetang.com
    地　　址：北京清华大学学研大厦 A 座　　邮　编：100084
    社 总 机：010-83470000　　邮　购：010-62786544
    投稿与读者服务：010-62776969, c-service@tup.tsinghua.edu.cn
    质量反馈：010-62772015, zhiliang@tup.tsinghua.edu.cn
印 装 者：涿州汇美亿浓印刷有限公司
经　　销：全国新华书店
开　　本：145mm×245mm　　印　张：37.75　　字　数：371 千字
版　　次：2023 年 11 月第 1 版　　印　次：2023 年 11 月第 1 次印刷
定　　价：198.00 元（全二册）

产品编号：100432-01

目 录

上 册

行香子·七夕忆海 ··· 1

瑶台月·天伦南戴河 ·· 2

新荷叶·庆生
　　——为学生许英生日作 ······································ 3

水调歌头·送犬子华一
　　——暑假结束返异国读书 ··································· 4

唐多令·我师乐苏 ··· 5

卜算子·教师节 ·· 6

点绛唇·秋分暨首届丰收节感 ···································· 7

忆帝京·秋分 ··· 8

水调歌头·中秋 ·· 9

七律·西行偶记 ··· 11

踏莎行·到秦岭神禾塬 ·· 12

桂枝香·自西安返京路停郑州 ··································· 13

七律·贺新婚
　　——赴河南为刘承昊司彤新婚证贺 ····················· 15

七律·新婚致喜
　　——记学生刘承昊司彤新婚 ····························· 16

五言排句·出行临归 ·· 17

漱玉词·重阳 ··· 18

临江仙·潞河学子聚清华 ·· 19

水调歌头·立冬	21
七绝·无题	23
行香子·抵东京	24
解语花·到金泽	25
蝶恋花·东京返北京	26
拟普天乐·送妻子探儿郎	27
七律·预祝母寿	28
瑞鹤仙·拜寿慈母	29
虞美人·彼岸妻儿感恩节	30
七律·南行	32
月中行·往桂东过醴陵	33
玉梅令·到桂东	34
少年游·大雪抵浔阳	35
水龙吟·到共青城	36
青玉案·庐山临雪东林寺	37
吊恩师殿中刘老	38
锦缠道·改革开放40周年纪念大会感	42
七律·冬至离家马上催	43
七律·到波士顿看娃	44
拟七绝·落日抵新奥尔良	45
无题	46
忆帝京·赴新奥尔良恰遇圣诞节	47
临江仙·奥尔良平安夜话	48
与海的对话 ——新奥尔良游记	50
浣溪沙·元旦	55

七律·元旦悦感

——居大洋彼岸望故乡元旦 ················ 56

蝶恋花·波士顿别儿回国 ···················· 57

浪淘沙·别波士顿 ···························· 58

七古·木末赏木 ······························ 59

武陵春·期末乐

——讲座 ···································· 61

七古·蔡华抵瓯越 ···························· 62

鹊踏枝·向龙泉 ······························ 63

水调歌头·庆生 ······························ 64

诉衷情·祝寿拜年 ···························· 65

玉楼春·别戊戌迎己亥新春 ·················· 66

浪淘沙令·逍遥游 ···························· 67

七绝·苏南行雪 ······························ 68

七律·雪映蠡水 ······························ 70

七绝·马日谱新 ······························ 72

眉峰碧·元宵前夜思 ·························· 73

小重山·开学五教第一课 ···················· 74

七古·抵内蒙古偶感 ·························· 75

长寿乐·生日 ································ 76

七律·下杭州 ································ 77

清明祭父坟 ·································· 78

鹧鸪天·京北山野 ···························· 80

临江仙·抵粤西南 ···························· 82

七律·过常州 ································ 83

昼锦堂·到瘦西湖 ···························· 84

七律·到镇江 ·86
映山红·到无锡 ·87
燕归梁·参加吾儿博士毕业典礼 ·88
七律·跃龙门
　　——写在吾儿法律荣誉博士毕业前夜 ·89
七律·贺儿郎
　　——记赴波士顿大学参加吾儿博士毕业典礼 ·91
鹧鸪天·赴唐吟 ·92
五言绝句·画瓷 ·93
七绝·作业迎国庆 ·94
父亲节感
　　——吾儿父亲节赠画并大洋彼岸送鲜花致问候，为吾儿赠诗 ·95
七律·芒种觅轻旅 ·97
七律·仲夏相聚 ·98
七律·七条汉子乐怡园 ·99
七古·抵青田 ·101
七律·蓉城行 ·102
七律·又西宁 ·103
行香子·青海碧天 ·104
临江仙·到贵德 ·105
浪淘沙·南戴河 ·106
水调歌头·青海返又南戴河 ·107
水调歌头·讲学 ·108
陋学铭
　　——昨讲座感 ·109
水调歌头·迎发小聂磊回国省亲 ·111
致吾儿华一同学三十岁生日 ·112

七律·向鄂尔多斯······116
临江仙·踏歌
　　——记达拉特旗龙头拐沙河漠滩游······117
蝶恋花·沙漠游记······118
江城子·到草原······119
七律·蒙古包······121
小重山·携老母与友自内蒙古返京······122
口占一绝·向中州······123
鹊桥仙·校友中州会······124
小重山·独酌中州······125
永遇乐·往信阳······126
江城子·登鸡公山记······127
蝶恋花·上鸡公山逢七夕······128
沁园春·到鄂豫皖苏区诸纪念地······129
醉花阴·旅信阳红安逢立秋······131
成雁南飞
　　——记吾儿学成赴职······132
相见欢·观骆芃芃师生篆刻展······133
临江仙·清秋不轻······134
五言·提壶探源······135
七古·西山三叠
　　——送聂晶回温村······136
虞美人·迎夫人抵京······137
苏幕遮·三堡论坛······139
香草之雾
　　——值此教师节之际谨献给我的同仁······140

七绝·中秋思子……………………………………………145
七律·小恙月下思…………………………………………146
临江仙·"祖国万岁"展览开幕式………………………147
水调歌头·潞河同窗观展…………………………………149
念奴娇·"祖国万岁"展开幕式…………………………150
相见欢·发小观"祖国万岁"展…………………………151
诉衷情·同窗共飨教学成果展——"祖国万岁"………152
水调歌头·到武夷山………………………………………153
七古·游武夷走建阳………………………………………154
浪淘沙·国庆前夕品南平建盏……………………………155
玉人歌·国庆………………………………………………156
满路花·南平向溧阳闲笔…………………………………157
五律·夜泊长荡湖…………………………………………159
浪淘沙·圆满
　　——祝"祖国万岁"学生作品展圆满结束…………160
采桑子·又重阳
　　——记清晨由同学群之同学感慨而慨………………161
浣溪沙·江汉好个秋………………………………………162
七律·双十不拾……………………………………………163
七律·赴宁夏………………………………………………164
临江仙·黄花枸杞葡萄行…………………………………165
七律·师生重聚……………………………………………166
七律·饯行
　　——为弟子归程下厨设宴……………………………167
声声慢·大地之子
　　——观清华美院董书兵甘肃瓜州大地之子雕塑作品感………169

七律·证贺张然薄洁新婚
　　——记为同窗之子新婚 做证婚人……170
七律·又见木芙蓉………171
鹧鸪天·聚品东湖………172
江城子·武汉会友往洪湖………173
踏莎行·湘游湘问………174
新荷叶·祝母寿………175
七律·又诗贺母寿诞………176
浣溪沙·叶
　　——清华园秋末感………177
七律·南行冬至………179
小重山·夏溪园冬………180
虞美人·乘船往冲绳
随笔
　　——录东海浪………182
浪淘沙·夕阳也扬帆………183
水龙吟·抵冲绳………184
江城子·靠岸冲绳说琉球………185
谢池春·会稽迪荡阳明行………186
七律·东西文化交流
　　——记俄罗斯学者访谈………187
念奴娇·抵北海道
　　——证华氏三兄弟同游北海道………189
沁园春·北海道行………191
离亭燕·北海道掠影………193
卜算子·北海道归乡………194

青玉案·提梁壶 …………………………………………… 195
沁园春·拜谒项羽故里 ………………………………… 196
也琵琶行 ………………………………………………… 198
八声甘州·看庐山西海 ………………………………… 200
江城子·雪 ……………………………………………… 201
七言绝句·冬日暖阳 …………………………………… 202
临江仙·导师组平安夜抚吾母畅聚值健心生日 ……… 203
一剪梅·一堂和气 ……………………………………… 204
我与你同在
　　——贺新年 …………………………………………… 205
沁园春·元旦夜 ………………………………………… 209
沁园春·饺子宴 ………………………………………… 210
水调歌头·小寒 ………………………………………… 211
七律·己亥年小寒独感 ………………………………… 212
行香子·春饼亦酌 ……………………………………… 213
七律·接风忆长滩 ……………………………………… 214
望远行·越洋看儿 ……………………………………… 215
七律·临新冠读《送瘟神》 …………………………… 216
临江仙·乙亥除夕前夜 ………………………………… 217
西江月·鼠年三十拜大年 ……………………………… 219
水调歌头·庚子元宵 …………………………………… 220
临江仙·清华学堂庚子年
　　——记清华大学2019—2020学年春季学期第一堂课 ……… 221
沁园春·观候鸟Middle Creek慨 ……………………… 222
蝶恋花·感帝王花书赠启蒙老师王淑娟 ……………… 223
七律·海外旅居生日感 ………………………………… 225

水调歌头·生日自嘲 ························· 226

满江红·回国 ····························· 227

相和歌辞·樱花赋
　　——观武汉大学樱花图片有感 ············· 229

念奴娇·樱花叹
　　——观武汉大学樱花图片又感 ············· 231

临江仙·致抗疫勇士
　　——赠吾研究生都广燕同学 ··············· 232

南乡子·自纽约回国隔离感 ··················· 233

水龙吟·奇遇
　　——记被隔离线上授课 ··················· 234

南乡子·美泉宫酒店隔离再慨 ················· 235

鹊踏枝·清明泪
　　——新冠隔离遇清明无法脱身网上祭慈父 ····· 236

七言绝句·"九头鸟"
　　——诵我之第二故乡人 ··················· 237

江城子·妻健心天津隔离结束返家感 ············ 239

沁园春·回家
　　——自纽约回京被隔离期满归家记 ·········· 240

定风波·松绑
　　——隔离解禁朋友为我接风压惊记 ·········· 241

鹧鸪天·以茶洗尘 ························· 242

永遇乐·"五四"感 ························· 243

七言绝句·立夏 ··························· 244

七古·九江行 ····························· 245

七古·夏至逢父亲节思父 ····················· 246

七绝·端午……247

江城子·荷塘至运河……249

江城子·老夫驾三轮车感……250

水调歌头·观《苦干，中国不可战胜的秘密》纪录片感……251

永遇乐·经青岛至海阳……252

采桑子·日昇天红……253

少年游·儿子生日感……254

浪淘沙·南戴河……255

石芳华园铭……256

七律·踏荆布新……257

七言绝句·庐山邀友会事……258

七律·秋来杂赋……260

水调歌头·千里之行始于足下
　　——贺经典老爷车观展暨老式汽车文化研讨会成功举办……261

七古·观车展……263

七律·半壶酒
　　——为某酒业集团创制"半壶酒"而作……264

七律·南郊行……265

菊泪
　　——主席祭日，怀念毛泽东……266

高阳台·始于足下
　　——记再观经典车共议中国造……267

荷清苑歌
　　——仿唐寅《桃花庵歌》……268

五律·鹫峰行礼
　　——记邱总部封顶仪式……269

下　　册

七律·连江往余姚 ………………………………… 271

忆江南·到余姚 …………………………………… 272

寿楼春·到东阳 …………………………………… 273

满庭芳·闽越琐忆 ………………………………… 275

水调歌头·国庆中秋合璧 ………………………… 276

风入松·到十堰 …………………………………… 277

满江红·塞外行 …………………………………… 279

渔家傲·西行漫记 ………………………………… 280

七律·黄河楼 ……………………………………… 281

满庭芳·到黄河大峡谷 …………………………… 282

望海潮·到贺兰山 ………………………………… 283

采桑子·重阳 ……………………………………… 284

雁栖赋
　　——我清华马院教师雁栖湖游记 …………… 285

鹧鸪天·重逢 ……………………………………… 288

七律·庆典
　　——贺国杰研究院建院20周年 ……………… 289

水调歌头·拜谒西柏坡 …………………………… 290

鹧鸪天·老来聚 …………………………………… 291

蝶恋花·老一辈教授与硕士支部联合组织生活会 … 292

七律·初冬采枫 …………………………………… 293

七律·初冬游山房引忆两年前旧踪 ……………… 294

七律·出行 ………………………………………… 295

七言绝句·寒衣丹 ………………………………… 297

七律·闲思	298
临江仙·雪伴饺	299
临江仙·宾朋满堂贺母寿	300
临江仙·家宴祝母米寿	301
念奴娇·海南议事	302
七律·饯行亦扬帆	303
风入松·贺陈汉民先生九十寿辰	304
鹧鸪天·重聚	
——师生三十年家宴记之	305
诉衷情·导师聚	307
鹊桥仙·贺健心生日	308
玉楼春·元旦	309
拟七言绝句·图题	
——为华健心生肖画题	310
七言绝句·雪	311
忆帝京·腊八	312
醉春风·运河酿春	313
汉春宫·立春	314
一剪梅·小年	315
过得小年忆少年	317
临江仙·除夕守岁迎牛年	318
卜算子·牛年大年初一	319
一丛花·大年初二	320
鹊桥仙·情人节说情	321
西江月·初四师生朱家聚	322
永遇乐·破五	
——记土生府上做客	323

踏莎行·元宵节 ·· 324
浪淘沙令·脱贫
　　——观脱贫表彰大会有感 ·· 326
迷神引·南下又楚汉 ·· 327
七律·黄鹤又浔阳 ·· 328
七律·八里湖师生之约 ··· 329
临江仙·生日前夜 ·· 330
拟蝶恋花·二月二 ·· 331
五律·南下六渡证婚行 ··· 332
七律·贺石鸣鹿雨薇新婚 ··· 333
满庭芳·贺常老九十寿诞 ··· 334
七律·拜谒陆羽 ·· 335
江城子·南行 ··· 337
临江仙·合力共青城 ·· 338
沁园春·拜谒陈寅恪祖宅 ··· 339
望海潮·泛庐山西海 ·· 340
鹧鸪天·概九江共青城行 ··· 342
鹧鸪天·芙蓉城里尽朝晖 ··· 343
贺新郎·青年节 ·· 344
凤求凰·母亲节往萍乡 ··· 346
诉衷情·说历史论英雄 ··· 347
七律·风谲云诡赏晚舟
　　——读长诗《致敬孟晚舟》感 ································ 348
七律·福州往广州 ·· 349
阮郎归·聘超纲 ·· 350
七律·悼袁公隆平 ·· 351
齐天乐·周末参加学生活动并做点评 ······························ 352

七律·到灵丘
　　——记国杰研究院一行赴灵丘考察……………………353
临江仙·到平型关………………………………………………354
采桑子·忆
　　——记喜得高考准考证………………………………355
采桑子·端午
　　——读屈子有感………………………………………357
父亲节致父亲……………………………………………………358
诉衷情·别
　　——又记一年毕业季…………………………………361
念奴娇·颂百岁华诞
　　——观中国共产党成立100周年纪念大会…………362
水仙子·光荣与使命
　　——感夫人及其导师陈汉民；老师周令钊、陈若菊；同学
　　何杰参与设计党和国家重大项目"七一"勋章………363
临江仙·桂林甲天下
　　——记参加中国化石爱好者大会……………………364
浣溪沙·漓江游…………………………………………………365
五言·听得六弦忆少年…………………………………………366
沁园春·考察红寺堡……………………………………………368
踏莎行·黄河折弯沙坡头………………………………………369
七律·草原行……………………………………………………370
风入松·立秋日郊野行…………………………………………371
临江仙·七夕……………………………………………………372
鹧鸪天·教师节感………………………………………………373
桂枝香·中秋前夜聚……………………………………………374
满江红·秋雨探访常沙娜先生…………………………………375

少年游·重阳节书赠李庆华董事长
　　——记盖天力医药控股集团后援我院慰问院士及老教授
　　　共度重阳节……………………………………………………376
七律·到南阳………………………………………………………………377
七律·书赠博士弟子大婚…………………………………………………379
五言长诗·望游子
　　——观王洛宾专题片感……………………………………………380
乌夜啼·立冬逢雪…………………………………………………………382
五绝·雪后清华园…………………………………………………………383
桂香枝·清华园漫步散语…………………………………………………384
七律·小雪待老友…………………………………………………………385
踏莎行·感恩节……………………………………………………………386
七律·品肆拾玖坊感创始人故事…………………………………………387
七绝·画虎
　　——为冠英绘虎年生肖画而题……………………………………388
华清引·到北京湖边草书店………………………………………………390
江南弄·自京经汉抵浔又江南……………………………………………391
平安夜与健心生日书
　　——写于妻子生日前夜……………………………………………392
七绝·哭少年
　　——观《卓娅》影片感……………………………………………395
诉衷情·二零二二新年献词………………………………………………396
诉衷情·忆知青
　　——观《解密知青》影片感………………………………………397
七律·丹青会友
　　——记邀宏剑夫也兄雅会…………………………………………398
贺新郎·五十年一聚………………………………………………400

七律·雪后潞河
　　——念母校 ... 401
雪花飞·小年 ... 402
满江红·辛丑除夕 ... 403
鹧鸪天·壬寅大年初一 ... 404
诉衷情·挚友聚初三 ... 405
瑞鹤仙·虎年初六又南行 ... 406
冰雪
　　——观《冰雪之美》感 ... 407
七古·路
　　——重听《送女上大学》 ... 408
南乡子·百望春雪 ... 410
七律·生日 ... 411
七古·归之雁
　　——观候鸟南飞抵昆明湖感 ... 412
七律·清明扫墓 ... 413
浪淘沙·清明 ... 414
打油诗·老家在东北 ... 415
山居春暝 ... 416
七古·臆想寒江独自钓 ... 417
临江仙·三家聚谷雨 ... 418
七律·谷雨雅集 ... 420
清华春暖遍花香
　　——记清华大学建校111周年校庆暨1982届大学生毕业40周年 ... 421
七古·春踏圆明园 ... 425

七律·端午 ………………………………………… 426
七律·到木渎 ……………………………………… 427
渔家傲·老来论少年
　　——回信小学同学王丽 …………………… 428
临江仙·向草原
　　——记呼伦贝尔行（1）…………………… 430
水调歌头·呼伦贝尔向额尔古纳河 …………… 431
画堂春·到室韦 …………………………………… 432
鹧鸪天·中俄边境室韦口岸向黑山头口岸 …… 433
西江月·草原大北边疆行 ……………………… 434
七律·再见！呼伦贝尔 ………………………… 435
水调歌头·摩托复斜阳 ………………………… 436
鹊桥仙·今年七夕 ……………………………… 437
西江月·聚
　　——记为聂晶同学回国接风 ……………… 438
鹧鸪天·初秋到野鸭湖 ………………………… 440
水调歌头·登海坨山
　　——记登延庆高山滑雪及雪橇滑板项目冬奥园 …… 441
江城子·忧忧我思
　　——记戒烟百日 …………………………… 442
七律·白露 ……………………………………… 443
好事近·壬寅教师节巧逢中秋 ………………… 444
桂枝香·壬寅中秋 ……………………………… 445
七律·壬寅年中秋教师双节聚会 ……………… 446
水调歌头·九月十二日慕莲校长家宴 ………… 447
水调歌头·逆向贺兰山 ………………………… 448

临江仙·赴高青···450

风入松·泸湖零碳村

　　——记赴淄博市高青县调研考察并与人民政府战略合作·····451

相见欢·随凤昌副校长看望常沙娜老院长（其一）·············452

相见欢·随凤昌副校长看望常沙娜老院长（其二）·············453

五律·青绿

　　——为芦湖"绿意青情零碳村"所作·······························454

定风波·重阳···455

风入松·"绿意青情"零碳村

　　——记山东省高青县首个零碳村建设启动仪式···············456

洞仙歌·零碳村

　　——记零碳村建设专家论证准备会·································457

水龙吟·祝母亲九十寿诞···458

迷神引·芜湖引凤凰···460

七律·观芜湖蒸汽机火车头制作坊博物馆有感·······················461

七古·为友接风···462

沁园春·面条···463

七绝·烩饼···464

高山琴弦绝，愿效续典籍

　　——深切痛悼挚友吴冠英教授···466

少年游·平安夜晚祈平安···472

芙蓉曲·内子生日恰逢圣诞节···473

鹧鸪天·送冠英

　　——记八宝山遗体告别兼用法国作曲家 Michel Colombier
　　《上帝与我们同在》送冠英一程·······································474

青玉案·除旧布新

　　——元旦叙辞···476

水调歌头·玉兔送安福

　　——记华健心老师设计兔年生肖年画我为画题写对联

　　给大家拜年……477

西江月·兔年初一拜大年……479

相见欢·春晚

　　——观俄罗斯春晚感……481

少年游·兔年初四在老师育和家聚……482

复吸

　　——立春之日谨此献给广大复吸者……483

踏莎行·元宵节……484

临江仙·十五月亮十六圆

　　——记2023年正定招商大会……485

七绝·手擀面

　　——记阳春开工好吃面……487

扬州慢·下淮南……488

玉楼春·到寿州……489

鹧鸪天·春聚

　　——记与学校老书记老校长老学长院士及学兄学姐迎春会……490

南乡子·春抵香港……491

桂枝香·香江会

　　——记香港企业家清华大学校友联谊会……492

哈，老华！

　　——写在66岁生日给自己……494

玉楼春·到绍兴……505

浣溪沙·喜

　　——为陈波夫妇双胞胎千金百天做嘉宾感言……507

凤池吟·暮春织金洞……508
鹧鸪天·春看百里杜鹃……509
水调歌头·到黄果树瀑布……510
江城子·到遵义……511
渔家傲·到娄山关……512
唐多令·董酒……513
鹧鸪天·到茅台镇……514
水调歌头·到深圳……515
诉衷情·观看话剧《春光明媚的日子》缅怀罗公家伦校长……516
水调歌头·十堰到武汉……517
蟾宫曲·同行
　　——记我院离退休党支部与硕博学生党支部共同开展主题
　　党日活动……518
阮郎归·夏日荷花初见红
　　——与幼儿园发小游圆明园……520
临江仙·仲夏赴临沂……521
七古·赴芜湖……522
水调歌头·到武功山……523
小重山·别萍乡……524
致吾儿三十四岁生日……525
天涯若比邻
　　——为挚友庆华女儿李晓婷赴美留学送行作……533
满庭芳·七夕喜得孙女……539

七律·连江往余姚

车离连江说余姚,
绍兴风土秀且高。
山临天台云清浩,
人集巷阡土阔遨。

溪流龙泉潜碧澈,
江通定海溅掀滔。
漫游浙荡灵幽景,①
身入静界少惮劳。②

——2020 年 9 月 24 日午于福州连江往浙江余姚动车

注：① 浙荡，代指浙江和雁荡山。
② 惮劳：怕苦怕累。《左传·哀公二十年》:"今君在难，无恤不敢惮劳"。

忆江南·到余姚

余姚好，
姚水桂香添。
市井人烟车马走，
刀鱼青蛤尽消馋，
谁不恋江南。

——2020 年 9 月 25 日晚于余姚

寿楼春 · 到东阳

驰秋风东阳。
看金华锦物，山水天廊。
望县如婺歌画，会稽安防。
坑大爽、罗山乡。
自东西、江流钱塘。①
但走马观花，吴侬软语，听笑俏新腔。

今番顾，良宵长。
有胡公庙会，南马千祥。
最爱木雕图绘，建修名墙，②
横店美、东阳张。③
索面鲜、今逢华郎。
看藤竹人家，相宜总留火腿香。④

——2020 年 9 月 27 日于甬回京高铁上

注：① 东阳隶属于浙江省金华市，东汉献帝兴平二年（公元 195 年）建县制，名吴宁，属会稽郡。唐垂拱二年（公元 688 年）建东阳县，有"婺之望县""歌山画水"之美称。境内河流属钱塘江水系。流走向从东向西。罗山乡的大爽坑水经浦阳江入钱塘江。

② 东阳境内庙会众多，最大者为迎佛和演戏。民间最崇胡公大帝，八月十三，俗传为"胡公大帝"生日，下辖千祥、南马均有胡公庙会。东阳市集木雕、竹雕、砖雕、石雕、彩绘艺术为一体、被国内外专家誉

为"具有国际水平的文化艺术遗产"。明清古建筑群享誉中外,遗存有260多处。

③ 横店影视城,位于中国东阳市横店境内,为国家5A级旅游区,是全球规模最大的影视实景拍摄基地、全国首家国家级影视产业实验区,有"中国好莱坞"美誉。

④ 东阳竹编是东阳工艺美术园中的奇葩。1915年,东阳竹编与东阳木雕双双在巴拿马万国商品博览会上获金奖。东阳火腿加工业已有1200多年的历史,素有"金华火腿出东阳"之称。据《本草纲目拾遗》载:"兰熏俗称火腿,唯出东阳、浦东者更佳。"东阳"雪舫蒋腿"在1905年德国莱比锡国际食品博览会上获金奖,1915年在巴拿马万国商品博览会上又获一等金质奖。

满庭芳·闽越琐忆①

秋近仲时,风扶金叶,画翻云卷销魂。
凝眸烟霭,心向远方人。
多少南国旧事,今思忖、岚袅纷纷。
千里外,闽南看海,徒步绕乡村。

香沉。
三北地②,桂馨柳秀,山水清分。
轻漫得、亭台楼阁皆存。
细雨蛙声阵阵,蓑笠顶、独钓蓬轮。
流连处,江天日落,月起已黄昏。

——2020年9月30日晚于荷清苑

注:① 闽越琐忆,9月22日至27日赴闽南、宁波诸地公差兼得采风,返京常忆,慨之。
② 三北地,三北指宁波北部三地,即镇海、余姚和慈溪。

水调歌头·国庆中秋合璧

千载难逢事,国庆遇中秋。
今年新象,清赏华诞对楼头。
夫老慰欣不浅,遨看人间万籁,今古一金瓯。①
风物怅胸野,玉笛横悠悠。

敛离别,思团聚,不胜愁。
人间离合,鸿雁依旧起汀洲。
明夜孤灯水木,应笑樽前霜鬓,心满已无求。
自有多情处,困枕伴清幽。

——2020 年 9 月 30 日晚于荷清苑

注:① 毛泽东《清平乐·蒋桂战争》"红旗越过汀江,直下龙岩上杭。收拾金瓯一片,分田分地真忙。"金瓯 [jīn ōu]。释义:金的盆盂。常比喻疆土之完固,以指国土、大好河山等。

风入松 · 到十堰

暮倾朝想水丹江。
绵雨仲秋凉。
动车辗转江城上,友约邀、丹水山乡。
风月远朋群汇,雅集鲈伴豚相。①

"中秋"长假话云祥。
十堰锁陨阳。②
如今遥想观荆北,记杜仲、沧浪濯忙。
精嚼神仙豆腐,一锅鲜下鱼羊。③

——2020 年 10 月 3 日于十堰陨阳

注:① 10 月 2 日乘五小时高铁抵汉,驾 6 小时汽车往十堰市,遇大雨入夜时分抵陨阳,下榻丹江口水库上游。丹江水清澈由蓝泛绿。

② 郧阳,属十堰市的一个区。位于湖北省十堰市西北部,鄂陕交界,住建部命为国家园林县城。有"桐油之乡";"中国天河七夕文化之乡""中国喜鹊之乡"之美誉。

③ 郧西以杜仲最为出名,杜仲乃一种中药材。传说中的沧浪,在丹江口水库之中。《孟子·离娄》记,有孺子歌曰:"沧浪之水清兮,可以濯我缨;沧浪之水浊兮,可以濯我足。"孔子曰:"小子听之,清斯濯缨,浊斯濯足,自取之也。"在 1400 年前问世的郦道元著作——《水经注》中,郦道元根据《尚书》明确指出:"武当县西北四十里汉水中,有州名沧浪洲"。

"神仙豆腐"、鱼羊一锅鲜均是此地名吃特产,此两种特色餐也与武当山下,丹江水口青山绿水关联。

满江红·塞外行

西下夕阳,车皮绿、五男六女。①
共出行、歌焉雅兴,笑声寰宇。
大漠弯秋汀草疾,玻璃暮看驼铃举。
往银川、无数景齐观,欣无语。

红寺堡,中宁路。
西夏墓,兴亡处。
览遗踪,远行千里怀古。
多少豪雄随风去,千年土地八方主。②
俱幻觉、美酒葡萄杯,黄沙舞。

——2020年10月7日京城往宁夏中宁列车上

注:① 五男六女,指我中学五个男同学:延坡岭、赵明青、张同乐、黄程坤、华表;六女是杨华、崔树荣、崔静、张桂清、杨金丽、赵月娥。
② 红寺堡、中宁、西夏王陵墓……这些历史古迹、形胜之地均此行要观瞻之地。千年土地八方主,亦作"千年田地八百主"。谓人事兴衰无常,产业时常换主。这是一句民间谚语,却暗含人生智慧,劝人不可执着于财富土地。有《醉醒石》言:"你愁儿子小,怕此产动人眼,起人图。古云千年地产八百主,也无终据之理。"

渔家傲·西行漫记

塞上秋来河套系，
夕阳映晚霞如意，①
汽笛一声边漠起。
从西指，
长河落日三千里。

横马一飙天路洗。
远乡憧憬霜铺地，
云淡天高忘故址。
河西美，
遥望八极人噙泪。

——2020 年 10 月 7 日京城往河西列车上

注：① 夕阳映晚霞如意，应念为：夕阳映晚，霞如意。

七律·黄河楼①

黄河岸上起金楼,
矗立惊天气势秋。
俯瞰风情涛俱展,
物华眼底景全收。

谁将彩绘同和玺,
我自重檐异色缪。②
崔李幸均没到此,
无人高赋在前头。③

——2020年10月10日晚于吴忠市

注:① 宁夏吴忠黄河楼,雄伟壮观,跃登其顶,大河上下,无出其右,当是天下黄河第一楼。该楼因黄河文化而建,成为宁夏一个标志性的新亮点,被称之为"天下黄河第一楼""万楼之楼"。与黄鹤楼、滕王阁和鹳雀楼并称中国四大名楼。

② 黄河楼采用"和玺彩绘"装饰,有重檐屋脊配有金黄色琉璃瓦,整体风格恢宏大气。

③ 崔颢[hào]唐代诗人。最为人称道的是他那首《黄鹤楼》,据说李白为之搁笔,曾有"眼前有景道不得,崔颢题诗在上头"的赞叹。本人这里的意思是幸亏李白、崔颢都没来黄河楼赋诗,不然他们写在前面,我也就不敢写啦。

满庭芳·到黄河大峡谷[①]

悬壁青溪，长空峭岸，芦花荻叶深幽。
菱荷丝雾，河水下帘钩。
远眺青铜翠嶂，佰八塔、大坝相酬。[②]
叠波浪，涟涟漩廓、奔涌目天收。

云中，惊造化，
灰岩暗洞，神秘深遒。
孕别开江南，塞上绸缪。[③]
品鉴黄河大美，协落日、古渡楼头。[④]
心怡处，羊皮艇躺，不愿尚封侯。[⑤]

——2020 年 10 月 11 日晚于银川

注：① 黄河大峡谷位于宁夏吴忠青铜峡镇，国家 4A 级景区，被誉为"黄河中上游第一峡谷"，素有"南有都江堰，北有青铜峡"之美誉，是"塞上江南"的发源地。
② 峡谷内有青铜峡黄河水利大坝、独特的一百零八塔等景观。
③ 绸缪，这里作紧密缠缚、连绵不断用，亦可作缠绵用。
④ 作为九曲黄河第一弯上一颗璀璨的明珠，峡谷两岸陡峭的石壁上有许多天然岩洞，对这些岩洞人们有许多神秘的传说，还有秦王古渡、黄河落日、天书雄阁、观音台等景区。
⑤ 西北黄河古老的水上运输工具"羊皮筏子"特色漂流项目，被誉为"西北第一漂"，惬意悠然，让人流连忘返。

望海潮·到贺兰山

云崖深堑,金汤要险,苍茫岭秀盘龙。
营舍旧踪,山形虎聚,飒然群望青峰。
发小共西东,大漠惊呼震,笑仰天雄。
静待楼头晓月,冥想玉弯弓。

古来诗句豪宗,少风花雪月,总道元戎。①
鏖战旧时,霞云冷落,由来血采飘红。
千载问谁同,且剩烟横碧,岩画兰空。②
凭吊英灵魄毅,陌上或相逢。

——2020 年 10 月 11 日于贺兰山

注:① 除 [宋] 岳飞《满江红·怒发冲冠》"驾长车踏破贺兰山缺"金句,检索还有唐宋以来"贺兰山下阵如云""妖氛渐灭贺兰山"等直接提到贺兰山的诗词近 20 首。

② 自 20 世纪 80 年代贺兰山岩画被大量发现并公布于世后,在国内外引起震动。1991 年和 2000 年,联合国教科文组织所属的国际岩画委员会在亚洲召开两次年会,都选择在银川举行。1996 年,贺兰山岩画被国务院公布为全国重点文物保护单位,1997 年,国际岩画委员会将贺兰山岩画列入非正式世界遗产名录。

采桑子·重阳

重阳谁缅先贤事，
回首当年。
回首当年，
战地芳华，
天记长津篇。①

援朝抗美先人伟，
一往无前。
一往无前，
多少英雄，
热血洒长天。②

——2020 年 10 月 25 日于清华园

注：① 长津，指朝鲜战争长津湖战役（上甘岭战役）。
② 今年高调纪念抗美援朝胜利 70 周年。值此重阳节之日，谨以此诗敬之。

雁 栖 赋①
——我清华马院教师雁栖湖游记

趋雅集以乘车兮,赴燕山兼踏秋。
览长城之伟岸兮,知来历而怀柔。②
望平原之华北兮,叹旖旎之水洲。
观清澈之蓝水兮,临京郊之沃丘。
北瞰万里,南接无际。
千岛向湖,江南气候。
名红螺而实小岭兮,③美草甸以难收!
与同僚而兴烈兮,当忘却以劳尘。
携家慈而欣慰兮,当仁者以爱山。
情峰峦而叠嶂兮,抚金风之可人。
凭碧荷以红叶兮,共相衬而分层。
风清远而气爽兮,兆微冷之连云。
游雁栖之碧湖兮,漾潋滟而波峥。
驾轻舟之泛泊兮,荡钟仪而销魂。
有别墅而鳞次兮,多栉比而壮观深。
彩画舫之生动兮,竞龙舟而拼轮。
跳飞伞之戏水兮,动跑车之笛音。
摄攀岩而弓射兮,啸火箭而快艇。
人乐同于候鸟兮,岂动物而异心!
惟花果之逾馨兮,俟秋日其新采。
梦冰河之朦胧兮,问今番谁同来。

爱大雁之忠贞兮，更天鹅之雪白。
敬水鸥之潇洒兮，野鸭也自相挨。
追白鹤而嬉戏兮，鲜珍禽而成排。
求忘却以蹦极兮，人相呼而争嗨。
愿登楼其望远兮，思古今而呈彩。
心悠然以感发兮，意雁栖而人徊。
循先贤而问德兮，论康熙之胸怀。
今欢乐而忘忧兮，感吾辈之幸哉。

——2020 年 10 月 27 日于京北怀柔

注：① 雁栖湖距离北京市中心车程约 70 公里，湖水清澈蔚蓝，周围小山环抱，风景优美。这里因每年春季有成群的大雁、白鹤等珍禽候鸟在此栖息而得名，学院兴举雅集，同僚欣往，特允携家母略金风，荡扁舟，人生何乐之有？！

② 怀柔，出自《诗经·周颂·时迈》中的"怀柔百神"，意思是招来安抚。在古代汉语中，"怀"是来的意思，"柔"是安抚的意思。"怀柔"二字合用，即是以德施政，民族团结，交融发展。据说清康熙皇帝强化了此意。

③ 红螺，指怀柔红螺寺，依小山而建。

鹧鸪天·重逢

一九六九干校从，
来年返京读初中。
寄人篱下孤茕日，
幸遇贤人新民兄。①

呵秋夏，
护春冬。
似如骨肉暖融融。
阔别五十今相见，
滴水相报邢太翁。

——2020 年 10 月 29 日于京城

注：① 1969 年冬，随父母赴湖北"五七"干校劳动锻炼，1971 年春节前一周我告别父母回北京原单位寄宿读初中。不久，在机关院内遇到当时为青年职工的邢新民，他看到我不满 14 周岁就离别父母独自求学生活，遂每周六带我回他父母家食宿（因为当时他还是没有成家的 22 岁青年），周一早晨带我返回单位子弟学校上课。历经一年多的时间直至我父母从湖北五七干校返京。

从那时算起至今已经有近 50 年的时间了。我从没有忘却这段经历，也经常回忆这段美好感人的岁月。我成为现在的我不能不说是他对我的某些影响，我性格里有他较深的影子。

今天，我们兄弟相别近 50 年，终欢聚在京城，感慨之情文字难以述说，只以此词简述于此，权作留念。

七律·庆典
——贺国杰研究院建院 20 周年

庆典汇贤聚万方,
教授老者历非常。
二十年功业斐然,
七千天倍进华章。

吾念老来无大望,
却使驾辕欲担当。
何如近在王畿内,
只待宵旰诉衷肠。

——2020 年 10 月 30 日上午于西郊宾馆

水调歌头·拜谒西柏坡①

多年说圣地，久慕太行雄。
滹沱溪岸村小，桑土美连空。
造化青苍翠柏，天赋依山环水，稻麦囤粮丰。
冀域无穷藏，怀抱有真龙。

历风云，谁堪领，看泽东。
嬉谐谈笑，看我华夏遍旗红。
只论两条"务必"，便是圣贤境界，心内只为公。
"赶考"不停步，天下欲大同。②

——2020年10月31日于西柏坡

注：① 西柏坡位于河北省平山县中部，曾是中共中央所在地。史上毛泽东在此指挥辽沈、淮海、平津三大战役，召开了七届二中全会和全国土地会议，解放全中国，故而有"新中国从这里走来""中国命运定于此村"说法。

② 1949年3月5日至13日，中国共产党七届二中全会在西柏坡召开。会上毛泽东告诫全党"务必使同志们继续地保持谦虚、谨慎、不骄、不躁的作风，务必使同志们继续地保持艰苦奋斗的作风"。3月23日，中共中央、中央军委和中国人民解放军总部由西柏坡出发，进入北平。

鹧鸪天·老来聚①

秋末山釜小园中，
枫摇落叶满池红。
后海荷酿一壶酒，
夕染孩提品青葱。②

五粮液，
忆重逢。
叙情长笑与君同。
四人各行千千日，③
少小幡然白发公。

——2020 年 11 月 4 日于京城山釜

注：① 打小在一个机关大院共时光，五十年后重聚，恍若梦中，慨然以思：花有重开日，人无再少年……
② 染，这里作动词，整句意思是：几位老者被夕阳晕染成孩提，品味着早年时光，回忆青葱岁月……
③ 四人，是指邢新民、苏秉洲、华表、华山。

蝶恋花·老一辈教授与硕士支部联合组织生活会

四教欢声同热闹。
满座英才,
老叟传承少。①
如此座谈何重要,
和谐大美齐论道。

奔涌长江后浪啸。
终是姜老,
称辣得诀窍。
岂感冷情自认高,
惜花爱后不骄傲。②

——2020 年 11 月 11 日于清华大学第四教室

注:① 少 [shào],这里念四声。
② 此处化用清朝龚自珍咏长者诗"落红不是无情物,化作春泥更护花"。让"少者怀之"。

七律·初冬采枫

偶约初冬踏野田，
同窗新友愈欣然。①
人烟绰约青山郭，
云雾山房小雪天。②

诗赋杯盘徊昨日，
人生各自溯穷年。
少年多有夕阳籍，
今把童趣拨心弦。

——2020 年 11 月 12 日于怀柔节气山房

注：① 同窗新友，指高中同学张帆、刘驰、刘康乐、刘莉俊和我。
② 小雪天，指值立冬节气即将到小雪节气。

七律·初冬游山房引忆两年前旧踪

聂晶旧照发群丛，①
引溯场隅也似同。
三夏山房曾小住，
酷炎溪水同蒿芃。

空山有意重相见，
实景逍遥与梦同。
今日幽栖疑是梦，
其时细想是书中。

——2020 年 11 月 13 日作于京城往烟台高铁

注：① 2018 年夏日，携老母亲和"五七"发小也曾做客于节气山房。今发小聂晶发来旧照引往事遂诗一首以记之。

七律·出行①

一夜休期身作轻，
披衣拖带出门行。
晓风拂面秋已尽，
枫叶布街霜渐成。

入冬增寒起清早，
履新公务似学生。
人无近忧也施力，
买张车票煮远羹。

——2020年11月13日傍晚京城往烟台高铁作

注：① 一夜休期，指从京北游历只休一夜就又出行了。

七言绝句·寒衣丹

朔风夜吹枫轻坠，①
化作烟花月也丹。②
入更清冷泪添衣，③
杜鹃声歇蜡芯寒。④

——2020年11月15日农历十月初一寒衣节夜作于烟台

注：① 朔，北也，朔风指北风、冬风，这里表季节、指寒冷。
② 丹，红色，这里表丹心、寓孝心。
③ 添衣，这里代指寒衣节。农历十月初一是寒衣节。又称"十月朝""祭祖节""冥阴节""秋祭"。
④ 杜鹃声歇，表杜鹃叫累了。杜鹃叫时张嘴呈红色有如咳血，故而称"杜鹃啼血"，杜鹃鸣叫时如"猿哀鸣"般凄苦悲凉。蜡芯寒，表哀婉、悲伤以极。蜡烛芯是炽热的，可寒衣节之夜思父心痛，竟然使蜡芯生寒，我不泪，天欲哭……

七律·闲思

荷清苑里日西斜,[①]
独架提梁静煮茶。
萝卜开花水中美,
木枯生纹渚流霞。

我躬闲适钓冬雪,
谁顾轻霜鬓上加。
算得经年无寥落,
怎将诗句述苍华。

——2020 年 11 月 19 日傍晚小雪节气前作于清华园

注:① 斜,在诗词句尾念 xiá。

临江仙·雪伴饺

小雪初晴向京东,
多同窗少豪英。
轻歌咏句雁留声。①
饺子恋蒸煮,
美酒喜肥羹。

隔三差五常相见,
此为奢侈堪惊。
得闲欲酌看心情。
人生多少事,
真挚最难成。

——2020 年 11 月 22 日于京东

注:① 席间,清唱鸿雁以伴舞。

临江仙·宾朋满堂贺母寿

瑞雪放晴歌米寿,①
西山晚照红装。
八方宾客共持觞。
墨题诗数卷,
祝酒颂声长。

耄耋康平岁月好,
献花桃寿吉祥。
良辰敬母蜜如糖。
米寿并不老,
万寿得无疆。②

——2020年农历十月初十周二于京城

注:① 米寿,指八十八周岁,八十八写成一个字即是米字。十字,上边一个八,下边一个八。
② 万寿得无疆,得,这里念 děi。

临江仙·家宴祝母米寿

紫诰台星娘米寿,^①
金杯满捧清福。
渐增兰采若明珠。
媳儿心满,
一幅和家图。

岁月不知人易老,
家庭多少泥途。
吉林伟孕玉兰舒,^②
忆往慈母,
孝子敬围炉。

——2020 年 11 月 25 日作于京城

注:① 紫诰,指诏书。古代诏书放在锦囊里,用紫泥封住口,上面盖印,故称。米寿,指八十八周岁。

台星,指三台星,辅日之光辉,主文墨,主贵,主北斗之权,主吉庆之事。三台之性格,带耿直无私,有威仪。

② 玉兰,母亲字。母祖籍吉林。

念奴娇·海南议事

凭空眺远，见长洋万里，此来谁共。
北远飞来盘暖日，挚友特心邀宠。
银燕琼崖，海舟相会，人感清凉送。
名滩三亚，领椰香义更重。

我醉垂钓轻歌，举杯邀海，一意成三用。
会议商谈游艇上，工业文明来弄。
打造乘风，名车文化，古典驰新动。[①]
此番远景，韵长情厚圆梦。

——2020 年 11 月 28 日于三亚海棠湾君悦酒店

注：① 此次来琼是研讨"打造文化名车、开启中国制造"的，此研讨会安排在三亚海中游艇上。

七律 · 饯行亦扬帆

饯别陈筵寓九神,①
颠忙只做客舟宾。
今图华夏工匠笔,
明现神州汽车身。

藏富于民成玉璞,
涵道在胸莽昆仑。
投身辛劳千心虑,
志合才堪同路人。

——2020 年 11 月 29 日三亚飞北京路上

注:① 陈筵,陈家主持的宴席,在三亚。

风入松·贺陈汉民先生九十寿辰

我师九秩乐未央。①
桃李遍天疆。
抚襟妙说争年少,
更豁达、轩宇铿锵。
回忆昔年勤诲,
受恩难以言扬。

教鞭丹笔两相徉。
垂范更馨香。
廉颇虽老心朝气,
永青春、何惧斜阳。
云鹤芝兰芬萃,
汉民天堃祺祥。②

——2020 年 12 月 12 日于清华园

注:① 秩,一秩为十年。
② 陈汉民先生乃我夫人之导师,在为师为德上亦是我的老师,高山仰止。

鹧鸪天·重聚
——师生三十年家宴记之

海婴华府一酒盅,①
经途别后卅年风。
少年都听萧萧雨,
强仕皆乘簸簸舟。

天涯旅,
各西东。
云回水去话旧中。
今宵师生重相宴,
对饮双邀共业通。

——2020年12月12日于荷清苑

注:① 海婴,指田海婴,三十年前的学生,亦学亦友,今寒舍款宴他一家四口,慨之。

诉衷情·导师聚

忆得当年辅东洲。①
一衣带水酬。
樱花牡丹两处,
往复博士求。

遣唐使,
几春秋,
叙情留。
导师重聚,
慨然今昨,
欣慰悠悠。

——2020 年 12 月 22 日晚于京城

注:① 东洲,指清华大学日本籍博士生深见东洲。深见东洲是他中国名字,其本名为半田晴久,是一位对中国有着很深感情的日本友人,十多年前在清华读博士。为培养他,清华大学专门成立了一个跨学科的博士导师组,培养期间,师生往来于中日之间,历时五年,这成为令人回忆的一段佳话。导师组共五位导师,美院三位,历史系二位,我是其成员之一。

鹊桥仙·贺健心生日

金光穿洞,
十七孔照,[①]
吾妻生辰来到。
年年暖炉对冰花,
席樽举、
今天最妙。

师生笑语,
彩笺书迹,
忆往教学相校。[②]
踏歌六十又三春,
执子手、
神心不老。

——2020 年 12 月 25 日作于荷清苑

注:① "金光穿洞,十七孔照",乃颐和园一奇景也。每年冬至前后几日,夕阳晚照光线能够穿过十七孔桥洞,形成金光穿洞的壮美景色,实乃吉祥吉顺,昨日我们去颐和园领略了金光穿洞,十七孔照。
② 校 [jiào],查对、订正的意思。在这里指教学相长。

玉楼春·元旦

望雪西山春报早。
睡柳萌杨梅醉晓。
一年风景话屠苏,①
故旧友人同绽笑。

燕子何时梁下绕。
更待乡街花意俏。
去年战疫遍天涯,
却愿新年人皆好。

——2020 年 12 月 31 日于清华园

注：① 屠苏，是酒名。古代汉族风俗在农历正月初一饮屠苏酒以避瘟疫。如：南朝梁·宗懔《荆楚岁时记》："正月一日……于是长幼悉正衣冠，依次拜贺……进屠苏酒、胶牙饧。"

董必武《元旦口占用柳亚子怀人韵》有诗句："举杯互敬屠苏酒，散席分尝胜利茶。"

虽是阳历年，也沿用这旧历年习俗迎新吧。

拟七言绝句·图题
——为华健心生肖画题①

金牛颂春紫薇气,
朱鱼兆年燕禧祥。
多难兴邦鼠风流,
牛转乾坤乐未央。

——2021年元月6日作于清华园

注:① 每年吾妻都要画一幅生肖画,而我每次都要为画题诗作词。

七言绝句·雪

晨起开窗雪满园,
雪花飘漫是丰年。
难逢元月西山雪,
聊以诗词调心弦。

——2021 年元月 19 日于清华园

忆帝京·腊八

和风渐暖人蜗驻,雪却巷街忙遽。
腊八冻悄消,盼年催锣鼓。
翠管点香炉,一夜腊粥煮。

问岁月,近年跨鼠;
又防疫,北国齐努。
默祝人民,春光吉兆,华夏协力济众普。
待到百花开,许你千歌舞。

——2021 年元月 20 日于荷清苑

醉春风·运河酿春

华表妆新酒,[①]邀朋诸故友。
和风悄暖绽冰消,问气候。
北地梅花,运河桃柳,似微招手。

畅笑说依旧。刘伶不舍走。
人生友谊似天长,又地久。
春饼今欢,醉皆怀美,酿春时佑。

——2021 年 1 月 31 日

注:① 华表妆新酒,是指用华表之造型装盛刘伶酒,这款酒是刘伶醉酒厂出品。

汉春宫·立春

悄暖还寒,看柳梢萌动,春已归来。
新苏和煦,绿意逗弄童孩。
年来不易,料今宵、希望憧怀。
皆笑对、黄柑共酒,遍呼山暖溪开。

却问生机何处,有先疏景色,水染青苔。
闲时又谁共我,已做安排。
鸥飞不断,是何花、红蕊馨埋。
今感叹、时令造化,①原来万物怀才。

——2021 年 2 月 3 日于清华园

注:① 造化,有四种意思:
1. 指创造演化。
2. 指自然界的创造者,亦指创造化育。
3. 指福分、幸运、得福。
4. 造化又衍生出抽象意义的自然界,我这里的造化指的是自然界。

一剪梅·小年

年味深浓万户期。
足上新屐，身上新衣。
五道口与清华西，人又稀稀，车也稀稀。①

糖果归家笑中眯。
水木清堤，微眇霞岯。
今年新冠把人逼，多少良医，做了人梯。

——2021 年 2 月 4 日于清华园

注：① 新冠使得"空街万巷家中坐，四海八荒韭当割。"

过得小年忆少年

过小年，思从前，忆得从前是少年。
炒栗香，糖瓜甜，举着风车喜连连。
穿新鞋，换新衣，滑着冰车笑嘻嘻。
糖葫芦，冻酸梨，心里美甜不去皮。
冻柿子，热水饺，出门兜风满街跑。
抽汉奸，拍三角，寒假撒欢日子好。①
放风筝，抖空竹，骑马打仗输者服。
跳皮筋，欻羊拐，丫头更比小伙拽。
踢毽子，扔沙包，欢乐不疲踩高跷。
鼠年去，牛年翘，辞旧迎新图新兆。
聚亲情，会友好，新年来时人不老。

——2021 年 2 月 4 日下午于京城

注：① 抽汉奸，指抽陀螺，小孩玩的一种游戏。

临江仙·除夕守岁迎牛年

又遇团圆千户笑,
围炉守岁无眠。
酒酣求醉盼牛年。
窗花剪烛,
锣鼓舞狮蹁。

爆竹听烧童趣在,
桃符看换新颜。
银花灯树亮长天。
可谁相问,
压岁几多钱?

——2021年2月11日腊月三十于京城

卜算子·牛年大年初一

华夜启笙歌,新岁悄然到。
喜气东风领略春,芽柳桃暗俏。
吉利拜年忙,如意祈祥早。
牛韵冲天自此始,旭瑞人皆笑。

——2021 年 2 月 12 日大年初一写于清华园

一丛花·大年初二①

肖鼠已无痕。
开年时暖万家新。
东风有信花街露，柳芽动，万里莺春。
牛已初二，人皆爱面，吃了好精神。

朝来迎婿快开门。
娘家捧温醇。
和风紫气真情遍，礼花放，万朵祥云。
年酒畅喝，匆忙做甚，原得祭财神。②

——2021年2月13日大年初二妻子娘家作

注：① 民间称，大年初二才算开年。这天出嫁闺女要回娘家，故又称"迎婿日"，此日要喝年酒，祭财神爷。
今一早，我陪夫人回娘家，以此词记之。
② 得，这里念 děi。

鹊桥仙·情人节说情①

静窗观月,欣然笑问,何个真情温暖。
衷肠对诉眼中星,那樱口、美之相看。

南窗夜雨,粥温端灶,拼个齐眉举案。
莫求织女幸逢长,好情侣、黄昏相伴。

——2021 年 2 月 14 日晚于清华园

注:① 爱、情为何物?其实天长地久了是"灶前笑问粥可温,闲时与你立黄昏"。花前月下是恋爱阶段的特征。什么阶段的人生就过什么阶段的日子。中国古典"举案齐眉""南窗陪读,红袖添香"等佳说,是说爱情不在于干柴烈火的激情,更在于相知相惜的珍惜与陪伴,共约黄昏。

西江月·初四师生朱家聚

师生围炉话暖,
鸿儒满面春风。
东南西北聚今逢,①
谈论佳肴兴浓。

夫妇双双夫妇,
六七八十还童。②
财神灶王旺圆通,③
互勉韶华相共。

——2021 年 2 月 15 日大年初四晚于朱育和老师府上

注:① 今天师生聚,大家来历数祖籍。故词中用东西南北,东道主是上海籍,朱老师夫人李老师宁波人,贺美英老师四川人,她丈夫广东人。杜老师夫妇青岛人,我北京人,我夫人祖籍无锡。

② 六七八十,是指今天相聚的是六十岁、七十岁和八十岁年龄跨度的师生。

③ 今天初四,是灶王日。讨论的多是中国饮食文化,吃的是李至宜老师主厨的上海本帮菜。

永遇乐·破五
——记土生府上做客①

做客谁家,飘香墨卷,风雅李府。
今是何时,大年相聚,除旧殷"破五"。②
观止赞叹,十年一剑,解字土生独树。③
广采撷,易经诸派,沉醉贯通今古。

世间少有,精神芳美,莫管物质清苦。
尽忠行仁,外义内道,文化他来普。
付君祝语,从今直上,何惧万难千阻。
但心祈,普天盛世,光华万吐。

——2021年2月16日大年初五于吾兄土生府上

注:① 李土生乃我挚友,我家拜把大兄弟,我妈的干儿子。今可以视为家庭小聚。土生兄为母亲授词增字两幅,母亲名玉兰:"精金没玉兰桂奇芳。玉堂金门芳气胜兰。"

② 大年初五又称"破五",要破除旧习迎接新春风,也寓意我们每个人对自身的"破旧立新"。

③ 李土生著有800多字鸿篇巨制《土生说字》,被称为现代许慎。

踏莎行·元宵节

元意开端,宵初月漫。
流光溢彩花灯晚。
汤圆夜色煮新春,寻钟佳句嚼诗段。

百忆思贤,理过还乱。
月圆人缺谁相伴。
平生塞北娶江南,儿能绕膝才祥满。[①]

——2021年2月26日正月十五于清华园

注:① 这辈子娶了江南人为妻算是远娶得贵子,然,儿子却更远,大洋彼岸人杳杳,在这月满人圆的日子,不免于思儿切切……

浪淘沙令·脱贫
——观脱贫表彰大会有感

窗外雨殷盈,①
春出甘馨,
牛年犁地万物生。
喜讯云飞欢四海,
脱贫庆膺。

盛世多开明,
国之精英,
奋身八载乡村兴。
破浪长风更接力,
帆挂披征。

——2021年2月28日于清华园

注:① 今窗外雨殷盈。春雨贵如油,田野见耕牛,国之农为本,民富人不愁。

迷神引·南下又楚汉

一驾高铁嘶鸣缓,又泊楚江南岸。
初阳即旅,①遣差春燕。
水茫茫,平原现,腹心散。
薄雾微寒露,构图乱。
天色朦胧渺,调子浅。

旧事难抛,少小如随难。
"五七"行程,②回眸返。
异乡不异,楚江阔、亲情显。
汉江歌,巴山舞,昨何怨。
心大连空拌,福照满。
崎途毋庸辈,鸿鹄远。

——2021 年 3 月 2 日作于京往汉高铁

注:① 初阳,农历正月的别称。
② "五七",指五七干校。

七律·黄鹤又浔阳①

辞行黄鹤下浔阳,
东向师探读书郎。
正得孟春风月好,
江南覆陇菜花黄。

忆过水木清园雪,②
嗅享庐山新笋香。
今见弟徒皆努力,
为官一任布农桑。

——2021年3月5日于浔阳

注:① 黄鹤又浔阳,黄鹤指武汉,浔阳指九江。
② 十年前九江青干班学生在清华读书,我做班主任,2010年冬赶上几十年一遇大雪,南方学生遇雪欣狂,至今难忘。

七律·八里湖师生之约①

师学今逢湖畔春，
潜心情忆更良辰。
留诗岸雨说红事，
送暖和风扰绿苹。

清华九江桥齿密，
马院共青水云新。
相邀"七一"红船坐，②
全做马宗同道人。③

——2021年3月7日夜于浔阳

注：① 八里湖，九江市之内湖。
② 探讨策划"七一"建党100周年活动，红事，指红色文化活动。
③ 马宗，这里特指马克思。

临江仙·生日前夜

入夜柳摇春风悄，
兰香花蕊新颜。①
老夫寿又不多闲。
担当依旧在，
跋涉六旬年。

一路步履身渐稳，
冥思多忆从前。
一蓑烟雨任安然。②
杜鹃贞意重，
书卷续新编。

——2021 年 3 月 12 日晚于清华园

注：① 兰，这里指玉兰花，清华园的玉兰花已经吐蕊。
② 苏东坡有《莫听穿林打叶声》词，有一句"谁怕？一蓑烟雨任平生"。表达了一种旷达，我这里化用之。

拟蝶恋花·二月二①

华表二二诗画走。②
君彦淑田,
康乐福禄有。③
明青爱河龙抬头,
程坤明继英华手。

会秋树荣催晶否?
桂清藏花,
金利清萍搂。
娥月景荣佩兰桂,④
军帆一片韶光久。⑤

——2021年3月13日于京东

注:① 3月14日农历二月二日在五所华府面条宴。参加人有:赵明青,李爱河,黄程坤,焦继明,彭英,别会秋,杨华,崔树荣,崔晶,张桂清,杨金利,张彦萍,陈藏花,赵月娥,从佩兰,张帆,王军,景荣。本诗串接了以上各位的名字为一首词。
② "华表二二",是指二月二龙抬头的日子,写出了鸟鸣春声。
③ 华表,王彦君,赵淑田,刘康乐三月生日。
④ 桂,这里指张桂清同学。
⑤ 军帆,指王军和张帆二位同窗。

五律 · 南下六渡证婚行①

南国宴婚宾，
交情老友亲。
晋秦红颊醉，
花邀白头人。

日出江边灿，
枝嬉六渡春。
更闻崔颢阁，
石鹿艳妆新。②

——2021 年 3 月 26 日京汉高铁作

注：① 挚友石亚军公子结婚，邀我去做证婚人，地点在汉口六渡桥。
② 石鹿，指一对新人，石鸣、鹿雨薇。

七律·贺石鸣鹿雨薇新婚

黄鹤江城五彩鲜,
齐眉似玉立台前。
良缘总是三生订,
爱偶全凭一线牵。

雅致祥云臻翠宇,
鸿嬉福气遍花筵。
薇石永志山渊誓,
鹿鸣诗香两心甜。①

——2021 年 3 月 27 日于武汉

注:① 语出《诗经·小雅》:"呦呦鹿鸣,食野之苹。我有嘉宾,鼓瑟吹笙。"

本意是:一群鹿儿呦呦叫,美妙景象兴致高,我有一批好宾客,弹琴吹笙奏乐调。此处我化用之。

满庭芳·贺常老九十寿诞

烛动殷勤，学生齐祝，玉楼吉满霞光。
星增情灿，惊艳出群芳。
此是何人风采，惹中外、百鸟朝凰。
常沙娜，九十寿诞，舞宴动天香。①

传奇，国艳有，敦煌壁画，自是名扬。
我国有士女，不爱西邦。
焕彩紫荆永绽，常记忆、人大会堂。②
歌设计，神笔巧构，更祝寿无疆。

——2021 年 3 月 28 日作于湖北天门

注：① 常沙娜，1931 年生于法国，艺术设计教育家和艺术设计家，浙江杭州人。名字'沙娜'是法文'Saone'的音译，而 La Saone（索纳）是法国城市里昂的一条河流。常沙娜曾师承林徽因。

② 作为国内外知名的敦煌艺术和工艺美术设计研究专家，常沙娜名扬中外的作品有：中国共产主义青年团团徽、人民大会堂外立面的建筑装饰和宴会厅的图案设计，民族文化宫、首都剧场、首都机场、燕京饭店、中国记者协会、中国大饭店等建筑装饰设计。1997 年，主持并参加设计中央人民政府赠送香港特区的大型礼品雕塑《永远盛开的紫荆花》。

曾为中央工艺美术学院院长。

七律·拜谒陆羽①

春雨随程江上村,
只瞻遗叟有人存。
追寻陆羽遗尘世,
攀缘学士茶圣门。

佛子山泉流不朽,②
千年古井水无浑。
今来竟陵何从见,③
一拜相知啜茗根。

——2021 年 3 月 28 日于天门陆羽故里

注:① 陆羽(733—804),字鸿渐,复州竟陵(今湖北天门)人,一名疾,字季疵,号竟陵子、桑苎翁、东冈子,又号"茶山御史"。是唐代著名的茶学家,被誉为"茶仙",尊为"茶圣",祀为"茶神"。陆羽一生嗜茶,精于茶道,以著世界第一部茶叶专著——《茶经》而闻名于世。

② 佛子山,天门市一乡镇,为天门市最高地,乃陆羽故里。

③ 竟陵,湖北天门市的别称。

天门市是一座历史文化名城。自秦始皇置竟陵县算起,天门已有 2000 多年建城史。自南齐建元元年(公元 479 年)始,历隋、唐、五代、北宋、南宋,至民国 25 年(公元 1936 年),天门先后 7 次为郡(州、专署)治所驻地,计 500 余年。市北郊的石家河遗址为中华文明的重要发源地,标志着天门拥有长达 5000 多年的文明史。天门市是湖北省直管市。

江城子·南行

京师南渡几程涯,
楚江花,粤湘茶,
此旅八荒,^①巡礼访贤家。
想到故交南下望,
东江水,莽山霞。^②

异乡风物荡心芽,
出韶关,伴哥仨。
寻旧经年,子期遇伯牙。
最是知音人世美,
研墨笔,抱琵琶。

——2021 年 3 月 31 日于广东中山

注:① 八荒,指东、南、西、北、东南、东北、西南、西北八面方向,泛指周围、各地。
② 东江水,指郴州东江湖;莽山,指郴州莽山自然保护区。

临江仙·合力共青城

浔阳江头花似锦,
湖天一派清明。①
银鹰南下众精英。
受邀齐翘首,
国杰满天星。②

绿水青山关不住,
乡村云涌堪惊。
大江鄱阳看新晴。
今修合作架,③
添瓦共青城。

——2021年4月14日于共青城

注:①"一派清明",两层意思,第一是说九江社会一派清朗明快;另一层说,胡耀邦安葬于共青城,耀邦同志1989年4月15日逝世。我代表团一行今天瞻仰了耀邦陵园。
②国杰,指国杰研究院。
③今国杰研究院与九江共青城市政府签订全面合作战略协议以谋建设美好共青城。

沁园春·拜谒陈寅恪祖宅

古域分宁，今番修水，界鄂赣湘。
看众星拱月，自然地理，跨依数县，九岭通江。
清秀宁州，云深雾缎，图画耕畴花果乡。
胡桃里，是谁家青瓦，栏栋雕梁。①

修河幕阜横翔，更子弟英名，四海扬。
称超凡公子，②卓然俊采，神仙教授，学问无疆。③
经世贤人，深研丰史，论语当年吐玉章。
俱往矣，看百代模楷，一门清芳。

——2021年4月16日于江西九江修水

注：① 陈寅恪（1890.7.3—1969.10.7），字鹤寿，江西修水人。与叶企孙、潘光旦、梅贻琦一起被列为清华百年历史上四大哲人，与吕思勉、陈垣、钱穆并称为"前辈史学四大家"。

② 陈寅恪在清华任教时被称作"公子的公子，教授之教授"。

③ 修水县古号"分宁"，是（赣、湘、鄂）三省（靖安、奉新、宜丰、铜鼓、平江、通城、崇阳、通山）九县的交界处，地理形成众星拱月之势。宁州镇竹缎村，是陈门五杰即陈宝箴、陈三立、陈寅恪、陈衡恪、陈封怀的故里。

望海潮·泛庐山西海①

山崖千仞,江城飞瀑,桃溪丽景晴空。
烟柳画屏,横流翠幕,千岛湾转迷宫。
云树绕泉空。
怪石卷花艳,晚寺晨钟。
列岛明珠,水天交色,竞霓虹。

今陪故友诸公。
幸登临胜地,湖映苍穹。
摇曳客舟,微风抚面,湖光山色闲踪。
波滟泛玲珑。
看西海大坝,老表雄风。②
且就歌潇今日,湖置酒杯中。

——2021 年 4 月 15 日作于庐山西海

注:① 泛,这里指云游。庐山西海,原名云居山——柘林湖风景名胜区,位于江西省九江市西南部,地跨永修、武宁两县,由大型水库柘林湖和佛教禅宗圣地云居山组合而成,是国家 5A 级景区。
1958 年,开始在修河中游拦河建设"柘林水力枢纽工程"。
1962 年,"柘林水力枢纽工程"因国家经济困难停工缓建。
1970 年,"柘林水力枢纽工程"复工续建。
1972 年,"柘林水力枢纽工程"建成,形成了高 75.2 米,长 630 米、底宽 425 米的土坝,是亚洲第一、世界第二大的土坝。形成库容量 79.2

亿立方米，水域面积3万公顷，面积达308平方公里的柘林湖。建成的水电站首台发电机组投产并发电。

② 当年（1958年始）永修，武宁两县10万民工建成了世界第二的土坝，形成了柘林水库。共和国第一代建设者，即我们的父辈，令后人敬仰。

鹧鸪天·概九江共青城行

老少南国好伴游。
共青城下看花稠。
耀邦旧事同思怀,
西海清波共泛舟。

国杰议,共青谋。①
富华岭翠证春秋。
要知此地男儿好,
曾有贤才出陈楼。②

——2021 年 4 月 19 日于北京

注：① 国杰议,指国杰研究院;共青谋,指共青城市。
② 陈楼,指陈寅恪故里。

鹧鸪天·芙蓉城里尽朝晖①

自京银机芙蓉楼。
玻窗遥见雨如钩。
飞梯绿云舒心路,
极目登临谋诉求。

播党史,论千秋。
无声润物斥方遒。②
都江不止杜甫喜,
更向花城拜武侯。

——2021 年 4 月 28 日于成都

注:① 受成都市成华区委邀请为区党政干部讲授党课。
② 杜甫有诗《春夜喜雨》:"好雨知时节,当春乃发生。随风潜入夜,润物细无声。野径云俱黑,江船火独明。晓看红湿处,花重锦官城。"此处化用之。

贺新郎·青年节

五月晨霞晓。
苑花香、溪流潺露,瞬时光耀。
无限春情谁喧闹。
说是"五四"今到。
齐候问、青春年少。
哪管白头青发杳。
看国华、百岁风光袅。
追往事,山河啸。

风雷激荡青年笑。
更未来、天教使命,放情拥抱。
时代英雄曾联句。
回想青葱忒好。
忆往昔、荣华正茂。
羽扇纶巾余家傲。
志随龙、学识攀登耀。
勤探索,未知老。

——2021年5月4日青年节于京城

凤求凰·母亲节往萍乡

千年伦理，大爱凝香。
母携儿戏围廊。
合伴憨娃欢趣，语调柔长。
今番承邀盛友，且南来、授课萍乡。
街区表意，善言推析，气韵弛张。

回思从来深爱，劬劳久，诗经甚善高扬。①
杜宇月明啼血，南北心徉。②
何妨世情陡险，父母在、永逸常祥。
母仪天下，孝忠仁厚大疆。③

——2021年5月9日北京往萍乡高铁

注：①《诗经·邶风·凯风》有句："棘心夭夭，母氏劬劳。……母氏甚善，我无令人。"

②[宋]王安石《十五》"将母邗沟上，留家白邗阴。月明闻杜宇，南北总关心。"

③母亲节除对自己母亲祝福之外，对母仪天下事、对善举之源都要心怀敬重，对施善于己者要有报答之心。这，永无疆界……

诉衷情 · 说历史论英雄[①]

英雄主义论纵横，
党史一线明。
光阴去，
年轮行，
回望绪难平。

百载育群英，
再启程。
何时携手大同迎，
诉衷情。

——2021 年 5 月 11 日萍乡返京高铁上

注：① 受萍乡芦溪麻田党委政府之邀，5 月 10 为党政干部讲授党课，内容是论中共党史中的革命英雄主义。

七律·风谲云诡赏晚舟
——读长诗《致敬孟晚舟》感

国际风云诡谲流，
西洋卑下禁晚舟。
雷鸣乍起牢笼坐，
谷坠及之囹圄囚。

移树断蝉龌龊举，
立沙孤雁猥琐谋。
乡心忧思国人愤，
华为奋身亮吴钩。

——2021年5月14日子时于清华园

七律·福州往广州

小停福州下羊城,
早启驱车南岭行。
闽越岚波千顷碧,
粤东云海四望明。

苍烟谷壑三千尺,
晨露杨梅八百层。
风抚个中无限意,
鸟鸣花绽伴今程。

——2021 年 5 月 18 日福州北站往广州南站高铁

阮郎归·聘超纲①

水清高柳露新蝉,
熏风悄暑天。
榴花芳艳技科园,
欢声乐无边。

谁入彀,
李归官,
院中刚思贤②。
国杰诸仕醉心间,
研究闪耀篇。

——2021 年 5 月 21 日作于北京

注:① 聘超纲,指国杰研究院聘李超纲为我院顾问。
② 五代·王定保《唐摭言》卷一:"私幸端门,见新进士缀行而出,喜曰:'"天下英雄入吾彀中矣!"'"说的是唐太宗私自去视察御史府,看到许多新智取的进士鱼贯而出,便得意地说道:"天下英雄,入吾彀中矣!"

"天下英雄尽入吾彀矣"是唐太宗李世民网罗优秀的、卓具才华的全国知识分子以后的踌躇满志。此处化用。

七律·悼袁公隆平

山河泪落祭忠骨,
华夏悲纷恸断肠。
虽是高年辞尘世,
依然大憾去栋梁。

杂交水稻谁能续,
生命科学始未央。①
巨匠擎天殷亿万,
英名万古入文章。

——2021 年 5 月 22 作于清华园

注：① 这是指袁隆平的两个主要研究领域，杂交水稻和生命科学。他被誉为"世界杂交水稻之父"。

齐天乐·周末参加学生活动并做点评[1]

疏疏落落黄梅雨。
周末又忙一午。
是何相邀,"研习"马院,楼满学咖比武。
百年如诉。
更有我强国,比文怀古。
悉列嘉宾,点评结果胜和负。

拼争激烈气壮,现场相斗智,噪声催鼓。
党史征程,红船漫驶,胜读离骚章赋。
春风如许。
更上一层楼,欲穷千目。
颁奖时辰,始知学无阻。

——2021年5月23日于清华大学南区10号楼北楼学生活动中心B226

注:① 清华大学学生马克思主义学习研究协会(TMS协会)主办的"百年接力,强国有我"党史竞答大赛,活动组聘我为点评人。

七律·到灵丘①
——记国杰研究院一行赴灵丘考察

久慕河东代郡前，
飞狐击鼓蔚州边。
胡服赵武英雄羽，
骑射灵王"主父"鞭。②

北魏文成歌孝帝，
唐辽武略赋英年。
今番后浪增佳话，
代代人民谱新篇。③

——2021年5月31日于灵丘平型关大酒店

注：① 灵丘之名始于战国，初考西汉置县，属代郡。赵武灵王、北魏文成帝、孝文帝、辽代萧太后、唐末李存孝等一批人文遗迹积淀为灵丘悠久厚重的历史。

② 灵丘因战国时期赵国第六位国君赵武灵王葬于此而得名，赵武灵王在位的时候，军事上推行"胡服骑射"军制政策，使国力臻于鼎盛，被尊称为"主父"。

③ 此处化用毛泽东《七律·洪都》句"彩云长在有新天"。

临江仙·到平型关①

千丈重门交峻岭,灵丘地堑横空。
险山陡戍雁门东。
瓶形古寨,声堡映天红。

抗日烽烟年已久,缅怀何处寻踪。
五台山下紫荆雄。②
夜眺燕北,元帅赋高风。③

——2021 年 6 月 1 日夜于灵丘

注:① 平型关位于山西省灵丘县同繁峙县的分界线的平型岭上。关城呈正方形,周围九百余丈,真可谓峻岭雄关。在雁门关之东,古称瓶形寨,以周围地形如瓶而得名。北有恒山如屏高峙。南有五台山巍然耸立,东连北京西面的紫荆关,西接雁门关,彼此相连,历史上很早就是戍守之地。

② 平型关大捷(又称平型关战斗、平型关伏击战),是指 1937 年 9 月 25 日,八路军在平型关为了配合第二战区的友军作战,阻挡日军攻势,由 115 师师长林彪、副师长聂荣臻指挥,充分发挥近战和山地战的特长,首次集中较大兵力对日军进行的一次成功伏击战,八路军在平型关取得首战大捷。毛泽东曾称赞"前有鲁智深,今有聂荣臻,聂荣臻就是今天的鲁智深"。

③ 这是指聂荣臻元帅的《忆平型关大捷》诗:"集师上寨运良筹,敢举烽烟解国忧;潇潇夜雨洗兵马,殷殷热血固金瓯。东渡黄河第一战,威扫敌倭青史流;常抚皓首忆旧事,夜眺燕北几春秋。"与刘邦高唱《大风歌》渴盼猛士守卫国家疆土异曲同工。

采桑子·忆
——记喜得高考准考证①

一九七八和风夏，
考场相逢，
学子争雄。
迎得寒窗笑对锋。

当年我具风华茂，
意气长虹，
才情深浓。
考证今持已老翁。

——2021 年 6 月 12 日于清华园

注：① 整理东西时偶然发现我 1978 年考大学的准考证，喜。那时正值在通县大稿村里插队。

采桑子 · 端午
——读屈子有感

少壮常咀愁滋味，
学伴青葱，
书伴青灯。①
岁月荏苒太匆匆。

老来不知愁滋味，
乐伴雅风，
笑伴竹松。
行旅沓沓在其中。

——2021 年 6 月 14 日端午节凌晨于清华园

注：① 青灯，陆游诗《秋夜读书每以二鼓尽为节》："白发无情侵老境，青灯有味似儿时。"

父亲节致父亲

人多歌颂母亲的伟大，
有谁念叨父亲的崇高。

人多赞扬母爱的坚强，
有谁记得父爱的依靠。

我慈爱的父亲，
那少时，
多少次抵抗你的严厉，
就有多少次忽略你的调教。

那少时，
多少次小视你的沉默，
就有多少次误解你的涵包。

啊，父亲，
我最爱的人。
您的背影，
您的蹒跚，
您的如山，
无数的诗篇和歌曲已现妖娆。

我今没有煽情，

只想陪伴您静悄悄。
我今不想用空洞、华美的词汇，
只想记起您的每一次教诲，
那些语录，
再划过我的心上，
朴实如刀。

我想告诉您，
您走后的这些岁月，
我的喜乐越来越空落[①]。
如大厦之坍，
大地之震，
我的生活缺了味道。

愿您安康，父亲，
哪怕在另一个世界也岁月静好。
曾经的悲伤、眼泪，
已无法用言语形容，
只有年年的清明、年节，
我仍期待，
你只是远行未归，
今年会，回家，相拥抱。

愿您安康，父亲，
或许相信轮回，
我们的牵连仍有未断的桥。

那父子之间的情缘，
那量子能量的纠缠，
愿生生世世，
不消，不消。

请您安歇吧，
我亲爱的父亲。
或许另一个世界没这么多纷纷扰扰。
那就让我们彼此思念，
让那恒久的伤痛，
化作温暖的力量，
在无数的痛哭之后，
在无尽的思念之后，
抒写一曲至亲至爱，
荡气回肠，人间正道。
而你我的那些故事，
那些渺小而独特的故事，
终将汇聚如海，
天下父爱，
诠释着共同的浩瀚，
与骄傲！

——2021年6月20日父亲节于清华园

注：① 落，这里念 lào。

诉衷情·别
——又记一年毕业季

清华学府复博裳，
书卷墨留香。
光阴何以回首，
满校竟离觞。

师生话，叙情徜。
祝辞祥。
岁华远别，母校永远，温暖家乡。

——2021 年 6 月 26 日于清华大礼堂毕业典礼上

念奴娇·颂百岁华诞
——观中国共产党成立 100 周年纪念大会

乾坤朗朗,广场皆红遍,咏歌霄汉。
万里河山共海外,聚汇今朝相看。
岁月洪流,筚路蓝缕,奋斗征程漫。
前行无惧,令全球尽惊叹。

亮剑威武雄师,星火相挽,日月抬眸羡。
讲话伟声彰底气,引领人民千万。
砥砺初心,坚定理想,再把宏图案。
韶华不负,绘描天地同灿。

——2021 年 7 月 1 日于北京

水仙子·光荣与使命
——感夫人及其导师陈汉民；老师周令钊、陈若菊；同学何杰参与设计党和国家重大项目"七一"勋章

党徽星光葵带蕊。
锻钿嵌镶丝彩瑞。
是何勋绶恁精心，
逢盛会。
谁可佩。
赤色丹心英雄队。

红衬金莹织锦被。
五角星旗如意缀。
我妻今幸共参加，
设计魅。
颂党伟。
正茂风华今百岁。

——2021 年 7 月 3 日于清华大学

临江仙·桂林甲天下
——记参加中国化石爱好者大会

久慕仙山秀水,
今来携妇同闲。
银鹰呼啸向安然。
暂离燕北地,
旖旎桂林川。

盛会群英赞叹,
流光玉宇金盘。
化石相证史斑斓。
神工鬼斧宝,
别有一方天。

——2021 年 7 月 14 日于桂林桂山华星酒店

浣溪沙·漓江游

夏日漓江浩渺绵，
青山碧水碧云天。
船工鸥鹭挑双肩。

万寿桥边夫妇笑，
绿波吟唱众歌仙，
清亮漓水独峰连。[①]

——2021 年 7 月 16 日于桂林

注：① 桂林属卡斯特地貌，山势分三个层次，由峰丛、峰林和独峰构成。我们看到独立的一个个小山则被称为"独峰"。

五言·听得六弦忆少年①

远思六弦上，
忆得是少年。
新调勾老曲，
今已不多弹。

——2021 年 7 月 19 日于清华园

注：① 听吉他曲，忆小提琴。想起中学时参加长征组歌，司乐队小提琴手，5-1-3-1-3-2-3-5—66-6-5-33-2-1-2-5-3……音符缭绕，画面迭出……（长征组歌曲调）

沁园春·考察红寺堡

旧地雍州，牧野荒丘，罗山变迁。
看风光秀丽，明珠瀚海，
白云无尽，翡翠蓝天。
西海固原，迁红寺堡，移民悠悠歌尽欢。
云青好，赞江南塞上，荒变良田。

国杰专此深研。
历遍考，宝珍旷野巅。
更黄河俱卷，三枢水利，
福绥宁夏，滋孕丰年。
枸杞黄花，葡萄如珀，玉碗金樽夜光斑。
紫韵伴，付金戈新蕊，鸿运当前。①

——2021年7月21日于红寺堡

注：① 金樽、玉碗、夜光杯均是当地红酒名牌，所谓"葡萄美酒夜光杯,欲饮琵琶马上催,醉卧沙场君莫笑,古来征战几人回。""金戈、紫韵、红运、新蕊"都是红寺堡红酒品牌，还连续三年荣获布鲁塞尔金奖及五个银奖荣誉。

踏莎行·黄河折弯沙坡头

沙坡楼台，
绿洲新渡，
雄奇大水折弯处。
我来行旅汗衫红，
日光平躺黄沙护。

首索黄河，
风情满目。
孤烟大漠王维驻。
长城不到枉豪杰，
有谁流泪今怀古。

——2021 年 7 月 23 日记沙坡头

七律·草原行

锡林郭勒猎天骄,
越野风驰兴致饶。
草绿滩黄谁驱马,
波翻云卷我射雕。

幻思夏衮人惊叹,
实浪云鸿众赞骁。
一望山川开无际,
杖乡牛仔伴君潇。

——2021 年 8 月 1 日于锡林郭勒西乌珠穆沁旗

风入松·立秋日郊野行

云天夏色渐秋空。
踏野心慵。
新凉一夜花尖露,
是清荷、
付与梧桐。
蟋蟀禾香藕嫩,
林深知了何踪。

稻山晴日照天重。
收获玲珑。
葡萄架下谁消语,
纵热忙、
苦了田农。
只我闲情便懒,
诗吟怎忍西风。

——2021 年 8 月 7 日于京北郊

临江仙·七夕①

千载诗吟无尽意，尤多俗套文章。
年年此会动心房。
几时能破古，恨短爱深长。

鹊鸟缘何传误信，世情遮碍彷徨。②
枉罚今夜架成行。
若能降王母，何必恨牛郎。

——2021年8月14日七夕节于荷清苑

注：① 千年来写七夕的诗词何止千万首，大多是歌颂爱情的伟大，美丽，也有鞭挞王母的无情，对牛郎织女的同情，虽然多的是俗套文章，但总体来说每年的鹊桥会惹动人们的心房。这其中最出名的当是秦观的《鹊桥仙》，其中有句"两情若是久长时，又岂在朝朝暮暮。"

② 鹊误传：神话传说，织女自归牛郎，两情缠绻，到女废织，男荒耕。天帝怒，责令织女归河东，使不得与牛部相会。后悔，令鹊传信，许二人七日得会一次。但鹊误传为一年之七月初七日夜见，使二人尝尽相思之苦。织女后知鹊误传，恨极，而髡[kūn]鹊，剃掉毛发。鹊知自己失言导致误会，故于每年七夕，群集在银河汉架梁以渡织女。依我看，为何鹊鸟会误传，皆因世俗压力阻碍太大，连传信的鸟儿都彷徨不知所以。传说，银河阻碍乃是王母玉簪所临空一划。所以，"若能降王母，何必恨牛郎。"

鹧鸪天·教师节感

卌年书香更何求，①
春蚕蜡炬象征绸。
种得桃李皆天下，
鄙人教书怎一流。

伏案写，一帆遒，
润物无声乐忘忧。
何曾有悔生如梦，
戴月披霜谁惧秋。

——2021年9月10日教师节夜作于清华园家中

注：① 卌 [xi]，代指四十。整句是说著作者已教书四十年。

桂枝香·中秋前夜聚

嘉朋欢聚。
看老少良宵，说今谈古。
天望琼楼雅殿，吴刚安否。①
大咖纵论千年事，②话中秋、诗词我赋。
集雅秋思，杯盘尽净，简廉自助。③

可知道、来年何处。
且共醉清光，金风今度。
多有才华，能引嫦娥凝注。
绿肥红瘦今知晓，④品茶香、再尝琼露。
今宵曼妙，华年明月，团圆如故。

——2021 年 9 月 20 日作于清华园

注：① 毛泽东有诗《蝶恋花·答李淑一》"问讯吴刚何所有，吴刚捧出桂花酒。寂寞嫦娥舒广袖，万里长空且为忠魂舞。"此处借用。

② 这里大咖是指今晚参加活动的有前大学书记、校长、院士、资深教授和做出成绩的各领域人士，也有孩子们。

③ 自助，这里指聚会采取的是自助冷热餐会。

④ 绿肥红瘦，是指这次聚会内容之一建立"国杰雅集"，由画家命题创作《绿肥红瘦》画作。绿，在本次聚会中指绿茶；红，指红酒。然，创作则不拘泥此。

满江红·秋雨探访常沙娜先生①

细雨深秋，适国庆，京东访客。
谈艺术，研询深诣，丹青难揣。
高阁青丝云雪发，仍然情致无暇卧。
苦多尝，气派胜须眉，开怀过。

身不得，男儿作。
心却比，男儿豁。②
看今番肝胆，青春无堕。
教授巾帼千金诺，传扬美术心为钥。
且承邀，顾问到中心，成大我！

——2021年10月2日于京城

注：① 今天与海婴伴雨同往，登门拜访常沙娜先生，并请聘其为国杰研究院艺术中心顾问。
② 此处化用秋瑾《满江红》句"身不得,男儿列。心却比,男儿烈。"

少年游·重阳节书赠李庆华董事长
——记盖天力医药控股集团后援我院慰问院士及老教授共度重阳节

佳期相聚,
西风渐紧,
怀旧碧纷纷。①
金天盖力,
翠菊香暖,
温润庆华新。

朱颜不改,②
还童远老,
真药定回春。
若得修养守清心。
话笑少年人。

——2021年10学14日重阳节于清华大学学研大厦

注:① 李庆华,盖天力医药控股集团董事长,是这次重阳节献爱心活动后援单位。
② 唐代武则天的《如意娘》有句"看朱成碧思纷纷,憔悴支离为忆君。"此处化用。

七律·到南阳

丹江千帆秋色亲,^①
荻花枫叶抚心轻。
南阳做客赴卧龙,
北籍人家谒孔明。

天淼云开灰鹜远,
江平浪稳白鸥迎。
雄歌谁唱渔舟晚,
南水北调欢笑声。

——2021 年 10 月 23 日霜降节于南阳

注:① 丹江,这里指丹江口水库,南阳乃丹江口水库东北岸,建有南水北调博物馆,该馆展示了南水北调水利工程和移民史。

七律·书赠博士弟子大婚①

邱山邀喜聚嘉席,
德润基层娶发妻。②
宇内良缘月老订,
黄金玉誓耀佳期。

璟瑜琴瑟歌贞曜,
永唱偕老恩眉齐。
结绳侣贤鸳鸯配,
合推夫君步天梯。

——2021年10月27日农历九月二十二日于福州

注:① 2021年10月27日农历九月二十二日,我的学生邱德宇和黄璟在福州举行大婚。

为此作七律一首。此七律为藏头诗,每句开头字连成"邱德宇黄璟永结合"。

② 邱山,我这里用"邱山"是借用丘山一词的意思。《淮南子·兵略训》:"止如丘山,发如风雨,所凌必破,靡不毁沮。"

五言长诗·望游子
——观王洛宾专题片感

塞纳河边水，少年心向美。
一经临大漠，梦在西北圆。
驼铃伴西行，洛宾京别离。
跋涉万余里，浪游天一涯。
行程阻且长，归程安可知。
胡马依北风，越鸟巢南枝。
相去日已远，谁知寒和暖。
浮云遮白日，游子不顾反。
相思撩拨人，情歌涌如涓：
藏鞭抽脊背，忽己变羔羊。
"半月爬上来，照亮梳妆台。"
"掀起盖头来，让我看你脸。"
"你的黑眉毛，弯月挂天边"。
"你要想嫁人，不要嫁别人。
带着你妹妹，赶着马车来"。
"又见炊烟起，暮色罩大地，
问阵阵炊烟，你要去哪里，
夕阳有诗情，黄昏有画意。
诗画虽美丽，我心只有你。
又见炊烟升，勾起我回忆，
愿你变彩霞，飞到我梦里

夕阳有诗情,黄昏有画意,
诗画虽美丽,心中只有你"……

——2021 年 11 月 3 日于清华园

乌夜啼·立冬逢雪①

初雪枝头深压，
萧然满地黄花。
年年冬至关心事，
思子在天涯。

草药羊汤饺子，
呼寒懒去学衙。
万物收藏今闭蓄，
休养共千家。

——2021 年 11 月 7 日立冬于清华园

注：① 立冬，意味着生气开始闭蓄，万物进入休养、收藏状态。立冬也是我国民间非常重视的季节节点之一，是享受丰收、休养生息的时节，通过冬季的休养，期待来年生活的兴旺如意。在我国部分地区有祭祖、饮宴等习俗。

五绝·雪后清华园

水木清华瑞雪晴,
园中洗过柳枝轻。
庭前落叶无人扰,
只听书声朗朗鸣。

——2021 年 11 月 8 日作于清华园

桂香枝·清华园漫步散语

清园举目。
正水木入冬,颜色初肃。
湖畔澄清似练,远山如簇。
寒窗琅琅书声里,背轻风、银杏寒诉。
日高云漫,紫荆默语,似临垂足。①

念往昔、任教在囿。②
叹三教楼头,③悲喜相续。
来日凭何对语,谩嗟荣辱。
吾生旧事随流水,愿含情老骥凝绿。
手持论语,吟诗诵唱,岁华新曲。

——2021 年 11 月 18 日于清华园内

注:① 垂足,原意为两条直线相交叉的点,这里是指我个人处于人生转换期。亦是思考,前一条线走完了,后一条线怎么走,会走成什么样子……

② 囿 [yòu],中国古代供帝王贵族进行狩猎、游乐的园林形式。通常选定地域后划出范围,或筑界垣。囿中草木鸟兽自然滋生繁育。秦汉以后囿都建于宫苑中。清华园原本即是皇家园林。我这里以"囿"借代清华园。

③ 三教,是指第三教学楼,清华大学的一个教学区,清华有六大教学区,这里用"三教"代指清华大学教学地。

七律·小雪待老友

学研新宅日西斜，
宾客满堂煮绿茶。
唤叫小度新曲美，①
引来老友笑无涯。

适逢小雪闲中过，
会遇朔风忙上加。
计算流年小雪数，
未将鬓雪负苍华。

——2021 年 11 月 22 日小雪节气于学研大厦

注：① 小度，指"百度旗下人工智能助手"播放器。

踏莎行·感恩节

又遇良辰,
双清楼院。①
八方贵客添新面。
远亲莫如友为邻,
相知相契何来晚。

新走江湖,
旧伏书案。
讲情讲义章无乱。
诚心当报寸心暖,
感恩之绪追思远。

——2021 年 11 月 24 日于学研大厦

注:① 双清楼院,指双清路清华科技园大楼。

七律·品肆拾玖坊感创始人故事

酒坊同筹众创舟，
新联中产醉中优。①
宗师窖底醇香气，
泰斗回甘亦绵柔。②

联网情怀惊天地，
传奇商业鬼神愁。
四十九坊登高处，
共同富裕上层楼。③

——2021年11月26日于四十九坊总部

注：① 介绍肆拾玖坊实业有限公司，它是一个以"众筹众创、社群、生态布局"为特色，快速崛起的互联网新锐公司。他们的品牌文化有三点：侠义新世界，互联醉生活；新中产，优生活；做有情怀的商业传奇。
② 宗师，指肆拾玖坊中的一款酒。
泰斗，指肆拾玖坊的另一款酒。
③ 肆拾玖坊在短时期发展迅速，主要得益于酒质好，酒价实。让利于民，让利于销售商。走的是共同富裕的经营之道，应和了当今新时代的价值理念。

七绝·画虎
——为冠英绘虎年生肖画而题①

壬寅虎年祈福途,
欲把新桃换旧符。
谁将虎殿成鸿业,②
学研大厦绘虎图。

——2021年11月29是于清华学堂

注:① 冠英,指吴冠英,清华大学美术学院信息艺术设计系教授、博士生导师。他还是教育部动画、数字媒体专业教学指导委员会副主任委员。北京市高校名师。2008年北京奥运会吉祥物"福娃"设计者之一,2008年残疾人奥运会吉祥物"福牛乐乐"设计者。2015年央视春晚吉祥物"阳阳"设计者,中国邮政发行的2011、2013、2015年兔、蛇、羊生肖邮票,以及《拜年》系列邮票设计者。中华人民共和国成立七十周年纪念币设计者。2021牛年、2022虎年生肖金银纪念币设计者。曾获第三届全国连环画奖绘画创作二等奖、北京奥运会、残奥会特别荣誉奖、2007年中国创意产业杰出贡献奖、主持《动画设计》课程为2016年教育部首批"国家级精品资源共享课",2020年中国新闻奖新闻漫画一等奖等。

② "谁将虎殿成鸿业"句,乃借唐代诗人张说"虎殿成鸿业"句生化而成。

华清引·访北京湖边草书店①

承邀做客遇冬阳。
众友千觞。
士杰书店情热，②
深谈笑满廊。

叠层典籍道张扬。
慧心兰吐如糖。
感诸真挚意，
荷清赠诗章。

——2021 年 12 月 8 日于湖边草书店

注：①"湖边草"典出自：汉乐府诗歌《饮马长城窟行》。原文：青青河畔草，绵绵思远道。
②士杰，指李士杰先生，著名诗人，湖边草书店店主。

江南弄·自京经汉抵浔又江南[①]

公差奉,南国未结冻,
行间思绪罗织梦。
又下江南心绪重,荆江浩淼夕霞共。

寒水思钓去还往,岁月百转伴笛鸣。
伴笛鸣,人生景,楚汉望断少年影。[②]

——2021 年 12 月 20 日写于京往浔高铁

注:① 从北京到武汉再赴九江最后到苏州。
② 楚汉,这里指楚江汉水;少年影,指五十年前"五七"干校少年时。

平安夜与健心生日书
——写于妻子生日前夜

华美深邃的内心,
引发我怎样抒写平安夜给你的生日书。

虽不及宋人苏轼与妻书的温婉
也不比晚清志士林觉民的壮怀,

但我却要执拗的深深触发于你:
年复一年的淑气氤氲、
风采依旧,
少年时的红袖陪读,
喜得麟儿,
诉说我们的中年,
和最长情的告白。

婀娜声名远,
我惊异于你卓越的才情,
无数个"金奖",
"良师益友"的称谓,
燕婉的光华,
唱和我的连赋鹿鸣。
你创造的《光与影》,

可记得我们走出《远古的回响》?
最终都在琐碎的柴米油盐中,
诉说着生活的平凡,
生活的《适用与节用》。①

哈,
华先生②
——我的妻,
你少时明眸盼兮,
巧笑倩兮,
无数次的箫引双飞、
陪伴,
哪怕生活的磕绊中,
也有你吴侬软语的俏灿。

我喜欢芳颜美仪,
你却给了诠释,
我爱雍容典雅,
你反给出示范,
啥是北京人的有范儿,
文与雅气度风华,
雍且荣心丹如花。

在这多事的年份,
在这万千人祈盼团圆、

平安的夜里,

就让咱老两口捧着花,

吃碗长寿面,

卧个荷包蛋,

望大洋彼岸,

同儿子一道,

共祝你生日,

共享这平安之夜……

——2021年12月24日平安夜于北京

注:① 良师益友,指清华大学由学生投票评选出的最佳教师之称号。
"光华",指美院曾经的老地址,光华路。
《光与影》,指华健心的设计作品。
《远古的回响》,指华健心设计作品。
《适用与节用》,指华健心的设计理念。
② 华先生,指我妻子。她与我同姓华,我称她为"华先生",学院里也多此称呼。

七绝·哭少年
——观《卓娅》影片感

今观卓娅影视中，
花季少年弃学戎。
缅想卫国征战苦，
谁能对史疗悲容。

——2021 年 12 月 30 日于荷清苑

诉衷情·二零二二新年献词

清壶夜漏待零钟,
守岁面东风。
齐端银杯金盏,
茶煮续炉红。

窗外灿,
水仙葱,
叙情浓。
蜗居家和,
三针盖天,
二二亨通。①

——2021 年 12 月 31 日晚于荷清苑

注：① 三针，指疫苗第三针，二二，指 2022 年。

诉衷情·忆知青
——观《解密知青》影片感

当年下乡意气扬。
歌声响四方。
青春燃烧岁月，
反修防修尝。

广阔天，
万里疆。
想难忘。
物是人非，
流沙即往，
谁念周郎。

——2022年1月4日于清华园

注：① 周郎，乃周瑜的代称，凸显年少有为雄姿英发，用今天话就是青年才俊，当年广大知青有理想、抱负都想做周郎。

七律·丹青会友
——记邀宏剑夫也兄雅会

寒假年来过腊八,
宏剑夫也客家华。①
画成满树芭蕉雨,
丹青一支自在花。

事琐偏要闲画草,
清闲难得工夫茶。
骚人总做风尘叹,
学研一饮四海家。②

——2022 年元月 11 日于学研大厦

注:① 宏剑夫也,指清华美院教授、画家王宏剑、张夫也。
② 学研,指清华大学学研大厦。

贺新郎·五十年一聚

今聚为何故。
潞河情、五所京东，①少孩同度。
多少时光风对雨，见发小、美人迟暮。
又感叹、坎途无数。②
化作春泥相爱护，看如今、笑腆弥勒肚。
还目碧，青山驻。③

深情热语虔言处。
五十年、星转人生，但行无阻。
月满人欢歌伴舞，今醉京城华府。
齐唱颂、友情恒固。
历遍春华秋实付，更练达、畅迈如消暑。
日后路，大安护。

——2022 年 1 月 22 日于学研大厦

注：① 五所，指二机部（今核工业集团）北京第五研究所（核能研究所）；少孩同度，指今天聚会中有许多同学是在一个幼儿园长大，后又同是小学同班，初中同班，高中同班，共同度过了幼年和少年。
② 古人最怕"美人迟暮，英雄末路"，在我看，无所谓美人迟暮英雄落幕。人生坦荡，大爱薄天，终究岁月不负芳华，英雄回首铿锵。
③ 龚自珍有诗"落红不是无情物，化作春泥更护花"，歌颂长者，我此处化用。叶剑英也有诗"老夫喜作黄昏颂，满目青山夕照明"，如此旷达，我此处化用。

七律·雪后潞河①
——念母校

雪沃京华催净土，
寒凝大地霁春华。
夜听林啸文昭翠，
晓看玉鸾卫氏斜。②

协和深情冰玉面，
红楼大爱赋千家。③
盛名载誉百年校，
一地芳菲少年花。

——2022年1月23日于清华园

注：① 潞河，我之母校。
　　潞河中学前身始建于1867年，由美国基督教公理会创建的"潞河男塾"，后改称"潞河书院"；先后历经了"河北省通县中学"、"河北省通州一中""北京市通州一中""北京市通县一中"等；1988年恢复"潞河中学"校名。潞河中学从"一切为了学生发展"的办学宗旨出发，以培养学生的探究精神、科学态度、人文素养、现代意识和国际视野，全面提高学生的综合素质为目的，学生在这里可以找到最需要的、最适合自己潜能发展的、最感兴趣的"课程自助营养餐"。
　　② 斜，在句尾时念 [xiá] 文昭楼、卫氏楼均是潞河中学标志性建筑，我此处借用代指母校的一草一木，一景一文。
　　③ 红楼，是潞河中学标志性建筑，也是高一时我的教室；协和，指潞河中学协和湖。

雪花飞·小年

银粟晶莹玉舞,
天升灶王传香。
都把关东抹蜜,①
心满如糖。

株叶齐仙景,
诗人共谱章。
壬虎新年有味,
万众归乡。

——2022 年 1 月 25 日腊月二十三小年于学研大厦

注:① 关东,指关东糖。

满江红·辛丑除夕

锣鼓喧街,喜又见、团圆盛会。
共此夜、吉鞭喜炮,冲天玉缀。
齐庆神州期虎运,且将酒盏添年味。
尽人间、欢乐舞狮闹,窗花对。
歌曲好,人民醉。

看春晚,中华美。
待钟声界处,神牛别岁。
继往开来山水锦,①信心力量英雄辈。
紫云东风宴佳节,凝祥瑞。

——2022 年 1 月 31 日农历腊月二十九除夕上午于清华园

注:① 习近平总书记在拜年中提到,祝福国泰民安,山河锦绣。这里因平仄,我借用之并改为"山水锦"。

鹧鸪天·壬寅大年初一

过年围桌乐未央。
热腾水饺漫天香。
肘花暴肚兰花竞,
美酒金樽虎气扬。

京城菜,品杜康。
祥和百姓喜城乡。
今朝都把年来拜,
壬虎春风谱悦章。

——2022 年 2 月 1 日农历大年初一于清华园

诉衷情·挚友聚初三

虎岁新番天象美,
旧朋亲。
瓷墨客,
描画,
乐传神。

一众挚朋云,
享天伦。
授艺人,
篆刻新,
画中情愫深。

——2022年2月3日旧历正月初三于学研大厦

瑞鹤仙·虎年初六又南行

迎春杜鹃秀。
复诗咏南行,承邀故旧。
马日会知友。①
借壬寅风虎,遥行高铁。
吉风乘走。
问远行,有谁伴守。
望济南,一过天津,皆道徐州贵胄。

知否。
蚌滩埠岸,今已繁华,合肥祖授。
城豪天佑。
黄山画,上饶佑。
待南平金地,延平天远,咫尺福望,
满目歌州依旧。②
人皆愿,山川锦绣,瑞祥万寿。

——2022年2月6日大年初六北京至福州高铁作

注:① 马日,被称为"马日"是因为据古老传说,在天地初开时,女娲创造万物生灵时,并非一开始就捏泥人,而是先创造的六畜,最后才是人,故民间把初一至初六都称六畜之日,从秦汉时期把正月初六看作马日。
② 满目歌依旧,是指北京至福州途经各地一派年味如歌,整诗内容是一路经过的地名串联而成。

冰　雪
——观《冰雪之美》感

千里行云白练纷，
春风吹尽雪飞翻。
欲往塞外踏冰雪，
将登张北瞰满山。

——2022 年 2 月 9 日于福州

七古·路
——重听《送女上大学》

记得一九七四年，
朝霞映红半边天。
高音喇叭京东鼓，
三夏学农战麦田。

重听送女上大学，①
慨然拭泪仍涟涟。
莫管人生何路段，
人行正道胜于言。

——2022年2月11日福建回京路上

注：① 一九七四年上高中一年级下乡学农二周，每天都能听到村高音喇叭播放的京东大鼓《送女上大学》，今天重听倍感亲切。

南乡子·百望春雪①

玉路雪飘来。
相见银砂展高台。
风骨玉肌年少韵,
齐排。
共看百望洛卉开。

欢靥莫痴呆,
更觉娇随晓燕裁。
轻裹粉巾谁最美,
娇孩。
雪映流光醉颊腮。

——2022 年 2 月 13 日于百望山

注:① 百望春雪,百望,指百望山。

七律·生日

坎途平生明如洗，
今忆峥嵘脸见沙。
自觉青春最曼妙，
渐入仙境夕阳斜。

诗词水墨亲朋好，
学科模糊百工佳。
清酒生猛同料理，
但祝桃李向天涯。[①]

——2022 年 3 月 12 日于清华园

注：① 明天有事，故而提前一天过个生日，平时是不过生日的，今年这个生日，母亲催促一定要过，母命难违。作为几十年教龄的老师，唯在生日之时把祝福送给大家，送给我天下的桃李（学生）朋友。

七古 · 归之雁
——观候鸟南飞抵昆明湖感

天高几行归雁窈,
谁念北来自何方。
朝风暮雨相呼失,
秋去春来为生亡。

千里渚云低暗度,
四季关月冷如常。
人生何曾此滋味,
咀嚼方知同暖凉。

——2022 年 3 月 19 日于京城

七律·清明扫墓

清明山陇满花出，
墓阙凄然景欲哭。
人活百年悲草木，
梧生十岁感松株。

恩记慈父教言细，
淡泊家风麦饭粗。
告慰九泉莫挂记，
一抔爱土向枌榆。

——2022 年 3 月 26 日于京城

浪淘沙·清明

梨树白花丛，
却未闻莺。
青冢新草子孙重，
无语无言惟有情，
血脉相通。

晚辈怅怀浓，
今又清明。
普天同祭万花红，
清影依稀心冀寓，
期许相逢。

——2022年4月5日清明于清华园

打油诗·老家在东北①

家住东北北又北,②
又有山来又有水,
有朝到俺东北地,
先爬山来后喝水。

——2022 年 4 月 10 日

注:① 今天是陈云同志的祭日。记起他的一首打油诗来:
    家住山东东又东,
    又有萝卜又有葱,
    有朝到俺山东地,
    先吃萝卜后吃葱。
我仿该诗也打油诗一首,以敬怀之。
② 大概是年龄的原因,人老了,任何一种怀念都会引至对自己老家的怀恋,这是血脉、是亲情……我老家在吉林省白城地区,过去含松原,查干湖即在此,查干湖冬捕很有影响力。

山居春暝[1]

青山微雨后，
人气静中收。
葫芦房头挂，
白墙青瓦悠。

青苔幽院冷，
石坝映温楼。
随意丹青写，
华翁乐无愁。

注：① 暝，日落。此画由朋友发老家房子照片，遂回忆起荆州少年而画。那时就是这种房子，留下的感觉即是画中景……

七古·臆想寒江独自钓[①]

三月阳春柳絮飞，
学研雅集旧时归。
汉江一梦少年溯，
野艇竞游尘事随。

今得闲来丹青事，
独吟寒江愿者为。
玉盘着墨龙蛇舞，
求得虎年气象威。

——2022年4月15日于学研大厦

注：① 此诗表我在陶瓷盘作《独钓寒江》画。

临江仙·三家聚谷雨①

银杏春时三月晚,
光阴珍爱如霞。②
桃花渐灿惹三家。
牡丹当能赏,
鸿燕向天涯。

历史悠唐勤探索,
科学院士名家。③
三人潇逸看京华。
眼开心自阔,
谈笑互称侠。

——2022 年 4 月 20 日夜作于清华科技园

注:① 民间在谷雨节气有摘谷雨茶、走谷雨、吃春、祭仓颉、赏牡丹花等习俗。
② 唐代刘禹锡:"分阴当爱惜,迟景好逢迎。林野熏风起,楼台谷雨晴。"此诗既描写了春景,又勉励世人珍惜光阴韶华。
③ 三人相约谷雨。一位乃中国唐史学会会长、清华大学资深教授(文科院士)张国刚,一位乃化学家、中国科学院院士、发展中国家科学院院士李亚栋,三人小酌漫谈。

七律·谷雨雅集①

芳烟新雨看春山,
绿嫩清枝杏欲翩。
并手深情颂新著,
齐心畅论道前沿。

清荷易晚茶前客,
雅集悠然词颂仙。
诗意谷雨三剑客,
赏花品盏忆江南。②

——2022年4月20日夜草作21日上午完稿于清华园

注：① 谷雨，春季的最后一个节气，"雨生百谷"之意。《通纬·孝经援神契》中说："清明后十五日，斗指辰，为谷雨，三月中，言雨生百谷清净明洁也。"《群芳谱》也有记载："谷雨，谷得雨而生也。"

② 今与我聚会之友人，同住荷清苑，古有桃园三结义，今有荷园三兄弟。国刚，张兄，1956年生，安徽安庆宿松人，清华大学资深教授（文科院士）。亚栋，李兄，1964年生，同是安徽安庆宿松人，化学家，中国科学院院士、发展中国家科学院院士。此二人故籍江南，我少年在江南生活过三年，故今天我三人"赏花、品盏、忆江南"……

清华春暖遍花香
——记清华大学建校111周年校庆暨1982届大学生毕业40周年①

春暖的四月,芳菲渐漫。
我轻慢闲步在清华园。
嫩柳垂条、白悉尼花,
装点着古朴幽静的校园;
青鸟白鹭、芦鸭春燕,
昭唤着秋去春来的学子;
重回校园的校友,
满目春色,
恰如入学时的一帘幽梦,
相依吟咏:

"西山苍苍,东海茫茫,
吾校庄严,巍然中央。
东西文化,荟萃一堂,
大同爰跻,祖国以光。……"②

仿佛老留声机的味道,
依稀声形交衬、时光陆离,
幽柔中的绵长、隽永,
久别了的眷恋、徜徉,

这分明是春的灿烂。

四十余年的光影，
溢出装满了的记忆，
一九七八年的春天
欲诉谁人能懂，
窗外明媚花红，
昨夜无眠
秋去春来重纵踪，
闪烁着考入大学的光焰。

啊！
一九七八年，
火红的一九七八，
青春的一九七八！
还记得从病榻上惊起的郭老，
在中国科学大会上的深情涌动——
"这是革命的春天，
这是人民的春天，
这是科学的春天！
日出江花红胜火，
春来江水绿如蓝。
让我们张开双臂，
热烈地拥抱这个春吧！"③
在这科学的昭示下，

千百万青年捧起书本、
涌向考场…

一九七八年入学的芳华岁月，
我们的青葱，
将就着时间这个陪客，
度过了当年象牙塔中的四年……
历史的镜头，
似乎穿越回四十年前的那些个春天。

四十多年后，
同样的春天，
我们致力于共同富裕的春色愿景。
致力于现代化强国的五彩斑斓。
虽说世事如梦恒如烟，
然人间有味莫等闲。
草长莺飞，
清华故里，
山河如画，
一往如前。

愿水木清华流长源远，
愿清华学子锦绣程前，
愿盛世京华春意永盎，
愿祖国大地生生不息。

啊！
春天，
永远的春天，
人民的春天，
在现代化强国的路上，
我们同心携手，
齐心并肩，
共同抒写波澜壮阔，
荡气回肠的
历史诗篇！

——2022年4月24日午后于清华园

注：① 清华大学每年校庆日定为四月的最后一个星期天。1977年招生改革第一批大学生于1978年春季入学，史称77级，1978年秋季入学，被称为78级。今年是这两级学生毕业40年。

② 这是清华校歌开头的唱词。

③ 1978年4月1日《人民日报》上发表的内容。在1978年的全国科学大会闭幕式上，86岁高龄的中国科学院院长郭沫若发表的演讲，由著名播音员虹云朗读，此文可谓是中国科学发展史上的力作。当时这篇讲话激发了成千上万的青年，热爱科学，追求科学，奔向考场。

七古 · 春踏圆明园

圆明水静园初暖，
闲踏春芜赏湖溪。
撩拨牡丹咀诗语，
时窥鸳鸯学温妻。

人闲始觉春光适，
心静方知忙碌迷。
倘若天天似今机，
心虑事累成笑啼。

——2022 年 5 月 2 日于圆明园

七律·端午

佳节每遇迥常平,
诗兴如歌天愈明。
好句谁裁春锦绣,
名词共仰夏初晴。

屈平伟烈千年忆,
端午成俗万古情。
粽叶飘香笛声俏,
吟怀福海满腔英。

——2022 年 6 月 3 日傍晚于圆明园福海湖畔

七律·到木渎①

夜雨晓歇姑苏行，
身临吴越梦南柯。
古宫虽陋人仍美，
水巷横纵乔乃多。②

早市虾豚盛竹篓，
晚舟太水载碧螺。③
木渎小住未眠夜，
满目旧事压星河。

——2022年7月4日作于木渎

注：① 木渎古镇，别名渎川，胥江，雅称香溪，位于苏州古城西部，地处太湖流域，素有"吴中第一镇"、与苏州同龄，距今2500年历史。

相传春秋末年，吴越纷争，越国战败，越王勾践施用"美人计"，献美女西施于吴王。吴王夫差专宠西施，特地为她在秀逸的灵岩山顶建造馆娃宫，又在紫石山增筑姑苏台，"三年聚材，五年乃成"，源源而来的木材堵塞了山下的河流港渎，"木塞于渎"，木渎之名由此而来。

② 乔乃多，这里特指东汉末年的小乔；而这个"乔"，用乔代指桥，这里小乔实代指西施。

③ 太水，这里特指太湖。

碧螺，指碧螺春茶叶。早在隋唐时期即负盛名，有千余年历史。传清康熙帝南巡苏州赐名为"碧螺春"。洞庭山地理环境独特，四季花朵不断，茶树与果树间种，故碧螺春茶叶具特殊花朵香味。

渔家傲·老来论少年
——回信小学同学王丽

鬓角青葱留不住。
功名已过莫诠错。
半辈走来心有数。
都占取？
只消一笑诗词赋。

寒日半窗常到暮。
倚栏暗送失意处。
却又载书寻旧路。
书斋故。
继教春秋三尺土。

——2022年7月7日下午草写于学研大厦

临江仙·向草原[①]
——记呼伦贝尔行（1）

初伏银机热啸，
绿坪眼映长空。
呼伦贝尔渐葱茏。
淡云苍劲远，
碧莽向天红。

今抵敖包烧烤，
全羊篝火相融。
酒酣人醉惜情浓，
长河当策马，
大漠快哉风！

——2022年7月19日夜于呼伦贝尔

注：① 国杰研究院一行游历呼伦贝尔。

水调歌头·呼伦贝尔向额尔古纳河

空净似醇酒,
绿意灿无边。
额尔古纳,
白云描往大河天。
风劲青山日暑,
草色游人沉醉,
狂野荡心间。
玉靶古来事,
驱马赛风肩。

英雄气,
当此景,
跨千年。
射雕壮士何在?
成吉思汗篇。
越野玻窗看远,
又恐牛羊群散,
谁有这般闲。
天下敖包蜜,
花海我为仙。

——2022 年 7 月 20 日晚草于额尔古纳市天元大酒店

画堂春·到室韦①

千山万水一行东,
室韦蒙兀俄中。
额尔古纳两国风,
回首心怦。

忆从前割地难容,
泣江山,
苦难重重。
看今朝两岸皆葱。
祈愿和庸。

——2022 年 7 月 21 日晚于额尔古纳河室韦镇

注：① 室韦,指室韦镇,位于额尔古纳河东岸,河西岸是俄罗斯。1689 年 9 月,尼布楚条约签订,其后外兴安岭及额尔古纳河以西约二十五万平方公里国土被割让给沙俄。

鹧鸪天·中俄边境室韦口岸向黑山头口岸

老夫聊发少年狂,①
边境中俄猎风光。
车骑驰骋人抖擞,
踏沙溅泥马蹄香。

歌逢阔野诗澄月,
舞伴篝火步草冈。
群羊牧牛天接地,
尽沾欢乐漫北疆!

——2022 年 7 月 22 日晚于黑山头蒙古包

注:① "老夫聊发少年狂"句借用苏轼《江城子·密州出猎》句。

西江月·草原大北边疆行

盛满一车游兴,
北疆览尽苍茫。
草原留我赏斜阳。
看罢江河沧浪。

日出云追太阳,
日落月悬天上。
歌随心生漾酒香,
两鬓染霜也狂。

——2022 年 7 月 23 日于满洲里套娃大酒店

七律·再见！呼伦贝尔

一笑七天草牧游，
师生老少自悠悠。
牛羊遍野戏湖水，
天地相连作画楼。

日月印踪欢似海，
昼阴尚想我身留。
从今便起复游梦，
呼伦伴我泛小舟。①

——2022 年 7 月 24 日夜作于海拉尔

注：① 呼伦，代呼伦贝尔。然，呼伦贝尔原本是分着的。呼伦是姑娘，贝尔是小伙，这是个爱情故事……

水调歌头·摩托复斜阳

马上策鞭远,摩托骑行尝。
边疆都市,①亲比双景述难详。
草地瑶花万点,回至香飘有几。
把酒咀情肠。
难比人生路,自行自苍茫。

思骏马、摩托响、老夫狂。
腾云飞絮,身矫如影好儿郎。
欣赏风前月下,品味天涯海角。
魂锁诗远方。
又是秋将至,颜笑复斜阳。

——2022年8月1日下午写于学研大厦

注:①"马上策鞭远",指刚从呼伦贝尔大草原回京,故而提马上……"边疆都市",也是这个意思,即刚从呼伦贝尔边疆回到北京。在都市中骑行三轮摩托车,仿佛回到大草原。

鹊桥仙·今年七夕

今年七夕，
人过六五，
仍觉葡萄凉处。
秦观名句鹊桥仙，
又忆起、金风玉露。①

天宫虽好，
银河浪远，
总把人间来妒。
须知陪伴与真情，
始值我、词人高赋。

——2022 年 8 月 4 日午后于学研大厦

注：① 传说每年七夕葡萄架下能听到牛郎织女会面私语，喜鹊搭桥成就之。
秦观的《鹊桥仙》因"金凤玉露一相逢，便胜却人间无数"和"两情若是久长时，又岂在朝朝暮暮"成千古名词。

西江月·聚
——记为聂晶同学回国接风

且与诸君畅饮，
莫嗟华发苍催。
唱歌叙旧已盈杯。
应得今朝一醉。

皆道当年童趣，
感叹人世曲回。①
各斟琼酿忆青梅。
不负今番聚会。

——2022 年 8 月 11 日晚于学研大厦

注：①"五七"发小聂晶回国探亲，10 多人在清华科技园小聚为她接风。

鹧鸪天 · 初秋到野鸭湖

国杰初秋到妫河,①
只瞧鸭子不看鹅。
平湖秋水碧波漾,
老少男女笑语多。

摆 POSE,皆宜照。②
野鸭湖上捧金荷,
君子采莲淡为贵,
相得益彰方满箩。

——2022 年 8 月 12 日晚于延庆王琦农业基地

注:① 妫 [guī],北京延庆境内之河流。国杰,指国杰研究院。
② "摆 POSE",汉语是"摆姿势"。

水调歌头·登海坨山[①]
——记登延庆高山滑雪及雪橇滑板项目冬奥园

久慕高山趣,今上海坨山。
入秋寻顾延庆,身感建设难。
且看劈山架路,更有龙行滑板,雪橇向云端。
起步群峰顶,滑道绕山湾。

峻峰翘,缆车吊,彩云观。
同行十几老友,惊叹浪声翻。
可赞祖国强盛,可叹工程宏大,克难揽九天。
冬奥创世纪,华夏续新篇。

——2022 年 8 月 13 日于延庆冬奥村

注:① 海坨山,延庆冬奥会赛场所在地。

江城子·忧忧我思
——记戒烟百日

金丝陪我半生筹,
读书抽,夜神游,
袅袅青烟,潇洒度春秋。
岁月经年香草颂,
星火点,映华楼。

吞云吐雾傲王侯。
写乡愁,也挥遒。
休憩持烟,黑发渐白头。
老迈皆思过百岁,
烟已戒,
向无忧。

——2022 年 8 月 24 日于京城

七律·白露

塞北微凉白露候，
江南还暖话闲愁。
菊篱酷暑历三伏，
桂苑稻花香九秋。

飞雁惊鸿寻驻地，
秋蝉倦叫晚风悠。
养生温慰闲为客，
清嗓菊花一润喉。

——2022 年 9 月 7 日白露节于京城

好事近·壬寅教师节巧逢中秋

教者望良宵,月迎学生探候。
恰中秋教师节,讲台站成叟。

退而未怠笑嫦娥,徒怀爱心厚。
纵是两鬓霜染,依然情怀旧。

——2022年9月10日凌晨教师节值中秋于清华园

桂枝香·壬寅中秋

别离人苦。
盼彼岸西洋,中华同露。①
东望天秋浩渺,异乡儿住。
且怀静夜思亲梦,倚华墙、诗词空赋。
荷清华苑,潺潺冷韵,恍然天暮。

问知否、团圆何处。
共待两相思,一年一度。
疫病成因,枉把探亲耽误。
聚散世界皆如此,看大千、纵横阡路。
桂花做酒,襟怀遥祝,婵娟如故。②

——2022 年 9 月 10 日于荷清苑

注:① 中秋正值白露节气。整体作品在表思儿情绪。
② 苏轼《水调歌头·明月几时有》有:但愿人长久,千里共婵娟。意思是:只希望这世上所有亲人能平安健康,即便相隔千里,也能共享这美好的月光。我此处化用之。

七律·壬寅年中秋教师双节聚会

月华露满漫香枝,
万巧双节共此时。
众友学研齐聚会,①
名师水木位高姿。

清范学人谈百事,
美画文者掼赋诗。
今设雅集相对坐,
融融欢乐忘时迟。②

——2022 年 9 月 11 日于清华园

注:① 学研,指学研大厦。
② 今在学研老师同学好友齐济一堂欢度自己的节日和中秋佳节。这里大家都为清华老领导、老科学家、老教师举杯致敬。

水调歌头·九月十二日慕葎校长家宴[①]

昨与学研饮,今宴慕葎屋。
人文育和,[②]华表夫妇母同途。
更有才学冠中,[③]不但设计高趣,
饱览万般书。
席中众佳客,此会夜明珠。

江南友,东北客,咱州苏。
苏州也罢,世界岂可把锡无[④]
邀酒当歌祈愿:
长葆清平盛世,康健体金舒。
百岁返童色,朝气满皇都。

——2022年9月12日于慕葎校长家

注:① 今清华大学慕葎校长夫妇请客,朱老师夫妇、柳冠中老师及我夫妇、我母亲共同赴宴,特记之。
② 人文,双重意思,一指朱育和教授做过清华人文学院院长;二指朱老师是人文学科老师。
③ 冠中,指清华美院资深教授柳冠中。原本他也参加今天晚宴,到今早就咳嗽喷嚏不止,故而放弃今晚聚餐。餐前我夫妻去探望了他。
④ 这里是说席中诸位,有江南上海、苏州,有北方京城互欢笑。最有趣的是打趣我夫人,说世界怎么能"无锡"呢?(我夫人无锡人)

水调歌头·逆向贺兰山[1]

才度中秋节,又踏贺兰山。
大漠长啸,逆向疫病也出关。
身计工程重任,人乘银燕云间。
高处得胜寒,处理疑难事,绝招藏有三。

沼菌威,新肥料,用途宽。
提高地力,增产增收病虫剜。
红寺堡情山海,[2]师生联赖忠强。[3]
明日祈翻番。
振兴村经济,产学研共担。

——2022年9月13日夜于宁夏吴中红寺堡

注:① 此次出差是到红寺堡,红寺堡坐落在贺兰山脚下。疫情出差为逆行。
② 电视剧《山海情》,就是以红寺堡地区事迹为原型。
③ 忠强为红寺堡书记,亦是清华大学研究生毕业,我们亦师亦友。

临江仙·赴高青

塞上江南才返京，
驱车又向高青。[①]
一路风暖淡烟轻。
云高群雁远，
红日照天晴。

车窗远望秋月夜，
对空星火撩情。
问询谁个邀君行。
芦湖街道办，
谈洽方向明。

——2022年9月17日晚写于荣乌高速路上

注：① 高青，淄博市高青县。

风入松·泸湖零碳村
——记赴淄博市高青县调研考察并与人民政府战略合作

一张蓝图自心源,
潮头敢为先。
奇思百念凝心血,
地与天,
人合自然。
农副牧林并举,
绿色山水田间。

养殖废弃物变鲜,
污染化为烟。
心揣设计多重事,
碳科技,
销上云端。
零碳乡村振兴,
只争朝夕今天。

——2022 年 9 月 18 日于高青

相见欢·随凤昌副校长看望常沙娜老院长（其一）①

恰逢露暖秋凉，水木香。
陋室谁来造访、是凤昌。②

敦煌耀，花卉好，紫荆强。
赢得盛名华夏、雅风长。③

——2022 年 9 月 25 日于清华园光华路

注：① 常沙娜，91 岁，中国艺术设计教育家和艺术设计家。
② 张凤昌，71 岁，曾任清华美院党委书记、清华大学副校长。
另，常沙娜作为女性的杰出成就，可谓"凤昌"！
③ 这里是说常老代表著作《敦煌历代服饰图案》《敦煌壁画集》《常沙娜花卉集》等，1997 年，主持并参加设计中央人民政府赠送香港特区的大型礼品雕塑《永远盛开的紫荆花》。

相见欢·随凤昌副校长看望常沙娜老院长（其二）

教师节后秋红，喜迎风。
茶漫笑谈宾主、画堂中。

叹过迹，研美术，道无穷。
岁月芳华不改、志相同。

——2022年9月25日于清华园光华路

五律·青绿
——为芦湖"绿意青情零碳村"所作[①]

绿山绿色绿意盎,青风青气青情缀。
绿山产绿茶,绿茶酿绿水。
绿水浸绿地,绿地风土伟。

绿洲泛绿波,绿波浇绿肥,
绿肥为谁备,零碳村最美。

——2022 年 10 月 2 日于京城

注:① 这首词仿李清照《残花》所作。
    残花
   花开花落花无悔,
   缘来缘去缘如水。
   花谢为花开,
   花飞为花悲。
   花悲为花泪,
   花泪为花碎。
   花舞花落泪,
   花哭花瓣飞。
   花开为谁谢,
   花谢为谁悲。

定风波·重阳

田野闲行情满乡,
无垠秋望稻田郎。
佳节难逢齐国庆,
尊老,
菊枝邀桂九州香。

千载道传登眺望。
夕阳,
心怀父母漫庭芳。
古往今来谁不老,
贤孝,
中华文化更清扬。

——2022 年 10 月 4 日农历九月九重阳节于北京

风入松·"绿意青情"零碳村①
——记山东省高青县首个零碳村建设启动仪式

稻香心醉露敷墙。
依旧秋阳。
高青美景黄河傍,看湿地、金灿农忙。
热闹芦湖街道,嘉宾贵客成行。

今番芦湖挑大梁。
零碳清扬。
虾肥荷美话青意,首合作、生态新张。②
乡村振兴展望,齐鲁遍地花香。

——2022年10月26日于山东高青

注:① 2022年10月26日,山东省首个"绿意青情"零碳村落户山东省高青县,优先以芦湖村为首个村级示范点创建"绿意青情"零碳村,并举办零碳村建设启动仪式。
该零碳村是由国杰老教授科学技术咨询开发研究院和高青县人民政府合作创建,以"双碳+乡村振兴"为核心的未来乡村发展模式,故我用"风入松"含乡土风情词牌以记之。
② 本次生态文明活动正值党的二十大胜利闭幕之际,不由感慨"国家复兴展望,九州遍地花香。"

洞仙歌·零碳村
——记零碳村建设专家论证准备会①

季秋尾末,零碳启动后。②
绿意青情红伴柳。
想高青荷碧芦絮,吹得春来清泉,迎来绿肥红瘦。

大厦学研,小憩层楼,手擀秋面好时候。
华堂聚鸿儒,学术研谈,言中肯,推敲论证经久。
零碳乡村承载恩波,乡村振兴好,与民同筹。

——2022年10月31日于学研大厦

注:① 今天在学研大厦召开了零碳村建设专家论证准备会,与会者有清华大学文科资深教授、中国工业设计之父柳冠中先生,清华大学清尚集团总经理田海婴先生,未之设计教育集团总裁贺宇先生,我院秘书和院长助理。

② 零碳,指零碳村,已于10月26日在山东高青县芦湖村落地并举行了启动仪式。

水龙吟·祝母亲九十寿诞

琼林夜宴红光,①嫩冬暖彻高堂笑。
虽今耄耋,洒然风骨,心丹才耀。
小县双辽,②吉林北望,将革命闹。
算一生愿满,沧桑风雨,而今仍、昂扬貌。

母爱难呈深表。
育青苗、精心曼妙。
江南塞北,相夫教子,女中楚翘。
任职公安,又二机部,把国报效。
看瑶笙捧日,围炉欢语,玉兰未老。③

——2022 年 11 月 7 日于京城

注:① 琼林,意琼树之林,这里指美好的地方。另,古代天子宴请新科进士的地方,亦代指高贵的地方。
② 双辽,吉林省双辽市,母亲家乡。
③ 玉兰,母亲名。

迷神引 · 芜湖引凤凰①

一早舟车鸣笛远。
驶向长江南岸。
孤行独角，引凤凰愿。
地遥遥，天漫漫，思流散。
中国之星树，②宏图展。
设计创造耀，世界现。

品赏芜湖，非此行之践。
不辞辛劳，建展馆。
异国风物，美欧货，科技显。
老爷车，机械助，动力贯。
工业革命阔，今未晚。
神州争朝夕，行者远。

——2022 年 11 月 10 日晚作于芜湖中央城大酒店

注：① 引凤凰，指引战略伙伴，谈合作。
② 中国之星，指中国设计界最高综合奖励项目。

七律·观芜湖蒸汽机火车头制作坊博物馆有感[①]

不求立异不求同，
数载追求儒雅风。
收藏汇居名一品，
古玩良莠有俗英。

蒸汽机车响中外，
风物体量看实空。
最惜珍品人类属，
更谁博物比西东。

——2022年11月11日于芜湖

注：① 由芜湖蒸汽动力科技有限公司张维江董事长创办的火车头博物馆收藏了世界各种类蒸汽机火车头并自己可以制作生产，目前在世界范围内的收藏和制造都属翘楚。

七古·为友接风

接风进展满室香，①
华府压酒宴客尝。
光华同仁今重聚，②
日食料理各尽觞。

借君试问芜湖水，
不载舟船把车藏。
天下收藏谁知己，
同抱情怀好儿郎。③

——2022 年 11 月 19 日于学研大厦

注：① 进展，即王进展，我的挚友。
② 光华同仁，指东三环光华路上的老工艺美院之同仁。
③ 同抱情怀，指我和王进展，探讨将经典汽车落地，促中国创造工业化！今天他出差回京，下高铁就风尘仆仆来我这里谈芜湖项目落地事宜，同时也逢周末，两家人吃个饭，算是会友，接风。

沁园春·面条

热气升腾,自油葱伴,玉饼水飘。①
念清晨之会,行人赶路,解饥充饿,成是功劳。
弱似春绵,强如雪练,扬气吹香如玉梢。②
翻白浪,看乘风柳叶,离面出刀。

何如心傲身娆,③却甘愿人间口腹消。
看孩童瞧盼,劳夫干咽,银丝入水,冲动如潮。
元代初名,伯温八趣,萧氏南齐一路高。④
说英物,应当仁不让,食类天骄。

——2022 年 11 月 22 日于学研大厦

注:① 是说面条在古代最初称为"汤饼",又因为是白色,所以此处说玉饼。
② 这几句典出晋·束皙《饼赋》,这是我国有关面条记载较早的文献。
③ 这句是说面条内心很白净,纯朴,而身体温柔妖娆,所以是"心傲身娆"。
④ 这几句说的是面条最开始叫汤饼,在元朝的时候开始叫"面条",刘伯温曾经有制作面条的 8 种方法,实为有趣;而南齐的太祖萧道成,据说因为喜欢吃面条,他的手下找了一帮妇女天天给他做面条,结果因为吃面,他竟然一路节节升高,升迁到辅国大将军的职务。

七绝·烩饼

一锅烩饼胜珍馐，①
忆得少年几度秋。
五一年前河西住，②
每思父爱思难休。③

——2022 年 11 月 28 日在家

注：① 烩饼毕竟就是烩饼，之所以胜珍馐，是因为做烩饼的人赋予了烩饼的文化意寓。

② 五十一年前，即 1971 年；河西，指天津市河西区。

1971 年初冬，我右手腕确诊骨折未复位，我父亲从湖北"五七"干校返京为我医治病手。经多处咨询，决定赴天津反帝骨科医院手术正骨。当时反帝医院没有病床，我父亲着急要尽快赶回干校，故而，我接受了无床位住旅馆的方式做了手术。

在手术的那段时间，我父亲常带我在天津人民公园遛弯打发日子等待拆线，我记得，我国恢复联合国合法席位的公报，就是在这所公园的大喇叭里听到的。

由于没能住院而手术，这就产生了一系列术后问题，比如，医疗养护、营养养护、饮食保障都不能按医院要求得到保障。我一天三顿都吃在外边，即在饭馆吃饭，住在旅馆。我至今记得，我住的旅馆叫"红军旅店"，饭馆叫"大众面馆"，我在这家面馆吃得最多的就是烩饼。烩饼是我少年不忘的味道和记忆……

③ 在五十一年前的这次医治我手腕的历程，是坎坷和难忘的：天津手术完，拆线后，正骨的效果并不理想。其后，我们又投医到天津市津南区八里台公社大韩庄大队去向韩医生求助中医家传正骨。我和

父亲住在了大韩庄知青宿舍，睡大土炕，三个知青加上我们爷俩，五个人挤在一个大炕上，在知青食堂搭伙。整个医治过程达一个多月，当时我正值懵懂少年，而我的老父亲却一直为我担心，恐怕我会落下残疾，他为我吃了不尽的苦遭了不尽的罪，那是一个寒冷而漫长的冬天……

高山琴弦绝，愿效续典籍[①]
——深切痛悼挚友吴冠英教授

燕山阴冷，
清华园的隆冬，
在寒假来临前，
我曾以为只是多了些凄清和寂静，
但是，
造物无情。
二〇二二年十二月二十日
一个让人们永生难忘的日子，
凛冽的北国，
千里无音，万里无声，
除了寒冷，只有无尽的悲痛。
呜，
我的朋友，冠英先生，
你的遽然离去，
让我，我们怎样接受，
这样的噩耗，这样的悲痛。
像是一场山崩，又如一场地裂，
留给我们的是无尽的惋惜、怀念和
不能承受的重！

回想您的音容笑貌，回想您的谦逊笃行，

泪水便情不自禁,如江河之倾。

或许,
一个人的离去,于世俗,于社会,
只是一个数字的归零,
但是于亲人于亲友,
却是深渊般的坠落!
我之思念如海——

思君祖籍南海,伟人故里,②
地多神仙花卉,自是俊才如云。

思君家源梧州,
扼浔、桂、西江汇流,③
绿城水都,人工宝石,
恰如君之温润广阔。

思君出生南越,
邕州松涛,南宁烟岚,
明山锦绣、伊岭神宫。
慈母抚育,坎坷少年,
悬梁苦读,终成大才。

哦,
冠英兄,您的耳提面命,
犹然在耳,历历在目。

半个月前，你我相约，
挨过这段严寒，我们整理典籍，出部诗画合集。
如今阴阳两隔，情何以堪，
唯有思念，唯有泪水，寄托哀思。

也是半个月前，您告诉我，
您有了二外孙女，
预产期是明年的五月，
你说你去看女儿，在那边等我，
相约穿越彼岸大陆。
现在这一切，成了永远……

你的才情绝美，让我叹为观止。
福乐"牛牛"、奥运福娃，
动画美术，吉祥插图，
飞天猴王，荷花仙子，
兔爷、古都，还有童话之树，二十四节气。
您为我母亲创制的，九十寿诞图，
您绘给我夫妻的双鸾图，
在墙面上静静的悬挂着，
仿佛在眷恋您的再次光顾……

你有数不清的奖项：
金奖、荣誉奖、贡献奖，
彰显的是你为国家和人民的，
奉献、担当！

唯有化用一首古诗，
表达我的哀思和怀念：
"设计室内东道主，
艺术造诣华清王。
前夜深谈一握手，
使我衣袖三年香"④

朋友，我亲爱的仁兄，
高山既远去，流水何知音，
原来伯牙子期的佳话，
千年不绝——
就在你，我，数十寒暑的平实交往中，
就在你曾经无比真挚、关怀、灿烂的笑容里。

安息吧，我亲爱的仁兄，我的朋友！

唯愿天堂无疾病，唯愿驾鹤乐未央，
唯愿来世，我们还做兄弟还能遇上！
相聚、相知，与你把酒言欢，
诗画共赏！

——2022年12月21日于清华园

注：① 因深切悼念至交好友，故此处化用了两个典故，一是俞伯牙与钟子期，二是古文人交友，一人先逝，生者整理典籍。

(1)《高山流水》,汉族古琴曲,属于中国十大古曲之一。传说先秦的琴师俞伯牙一次在荒山野地弹琴,樵夫钟子期竟能领会这是描绘"峨峨兮若泰山"和"洋洋兮若江河"。伯牙惊道:"善哉,子之心而与吾心同。"钟子期死后,伯牙痛失知音,摔琴绝弦,终身不弹,故有高山流水之曲。

(2)古文人相交,一人逝世后,生者持续整理亡友的遗稿,让其思想、俞才华得以完整的展现给世人,我会促成我们诗画集的出版。

② 吴冠英,祖籍广东中山。

③ 吴冠英,出生广西南宁。

④ 化用龚自珍赠友人诗《投宋于庭翔凤》"游山五岳东道主,拥书百城南面王。万人丛中一握手,使我衣袖三年香。"

少年游·平安夜晚祈平安

平安夜晚祈平安，
千层衣恐单。
此夕难眠，
疫阳铺遍，
天上煞清寒。

而今夫妻伴相守，
互勉暖心盘。①
难过虎年，
腊八将近，
过年可平安？

——2022 年 12 月 24 日平安夜于清华园

注：① 这句表我们夫妇均染上新冠，相互照顾，共度时坚。

芙蓉曲·内子生日恰逢圣诞节

琼卮暖意盼心浓。①
今夜酒一盅。
圣诞室内炉暖,
舒缓凛冽寒风。

岁月依旧,
朱颜却老,
娇态仪容。
老来相依祝寿,
蛋糕鲜花妪翁。

——2022年12月25日圣诞节正逢健心生日

注:① 琼卮 [qióng zhī] 玉制的酒器。亦用作酒器或酒的美称。

鹧鸪天·送冠英
——记八宝山遗体告别兼用法国作曲家 Michel Colombier《上帝与我们同在》送冠英一程①

魂梦杳然故友非，
清寒八宝草木悲。②
梧桐泪冷文星坠，
诗伴从今少画陪。③

中国古，
法兰西，
殊途哀乐意同归。
葛生蒙棘息谁与，
黄里凄风唤绿衣。④

——2022年12月29日于北京

注：① 今天，在八宝山举行了向吴冠英教授遗体告别仪式。一早我们驱车带乘冠英女儿同往。

写这首悼亡诗心情十分沉痛，竟无法下笔，图片也很难选择，故而，还是用了古体诗，也还是想用法国作曲家 Michel Colombier 音乐作品来寄托哀思。——《上帝与我们同在》，小提琴与小号的对奏就是我们与冠英的对话。

逝者从不如斯！他是活生生的生命体，他这样匆匆离去，哀惜，痛哉！逝者为大，愿他安息，一路走好……

② 八宝，指八宝山。

③ 冠英和我曾经商定，两人合作出版一本诗画集，现如今他已驾鹤西去，只留下我对着他的画稿发呆。然，我定完成这部合集以告慰冠英的在天之灵。

④ 中国古典诗经篇章中，《葛生》被后人认为是"悼亡诗之祖"。诗写亡人的独处无人陪伴，正是为了写活着的人的孤独无亲，都是为了表达当初相处的和谐美好。其中有句："葛生蒙棘，蔹蔓于域。予美亡此。谁与？独息！"（翻译：酸枣树上葛藤披，蔹草爬满坟园地。我的好人儿去了，谁伴他呀？独个儿息！）。《绿衣》，同样被学者们认为是中国第一首"悼亡诗"，其中有句"绿兮衣兮，绿衣黄里""凄其以风。我思古人"，表达对亡者的深深思念。

青玉案·除旧布新[①]
——元旦叙辞

今宵苦冷庭梢漏,月未见,徒温酒。
虎岁阳潮人皆瘦,同期新兔送瘟走。
蜡梅映,东风柳。

功名利禄何曾久?
看此疫,康平胜富有。
百姓千家盼长寿。
冷暖人间泪揾袖,且爱我,诗书旧。

——2022年12月31日于京城

注:[①] 青玉案词牌写元旦的很多,最著名的当属辛弃疾的那首《青玉案·元夕》,有名句"众里寻他千百度,蓦然回首,那人却在灯火阑珊处。"值此元旦前夕夜,特此记之。

水调歌头·玉兔送安福[①]
——记华健心老师设计兔年生肖年画 我为画题写对联给大家拜年

今又大年夜,团聚乐千家。
京城华子,祝福诗赋向天涯。
谁绘迎春娇兔,吾妻施图心巧,鱼燕漾金霞。
白菜红腮抱,喜气赛福娃。

疫三年,人俱厌,意多差。
但期新岁,清漪涤荡绽光华。
窗外鞭声挂挂,网络声嚣欢洽,年夜盼春芽。
且共亲人语,平安话桑麻。

——2023年1月21日腊月三十除夕于陋室

注:① 健心所设计的兔年生肖年画自上而下,设计元素及寓意如下:
(1)两只兔子耳朵里边有三条鱼,寓意年年有余;构成兔子耳朵的轮廓线是两只小燕子,寓意春燕绕梁;
(2)兔子脸轮廓又是两支折枝春花,是设计中的借用手法;
(3)兔子的两只眼睛是对着奔跑的两只侧面小兔子;
(4)兔子的口鼻、腮红是葫芦和铜钱,寓意福禄;
(5)绿色如意和祥云寓意吉祥平安;

（6）兔子嘴下边是小兔爱吃的萝卜和白菜，如意祥云在这里充当了叶子，白菜谐音"百财"；

（7）萝卜白菜两旁的蝴（福）蝶环绕起舞寓意拥抱来年的美好；

（8）我为生肖画题写对联：吉祥玉兔抱百财，如意锦里福万宅。

西江月·兔年初一拜大年

昨夜围炉守岁,
今朝吉兔新阳。
爰爰气质乐未央,
诗意如花鞭响。①

说什迷踪仙子,
三窟智慧深藏。②
拜年竞早送吉祥,
共享人间新象。

——2023年1月22日大年初一于陋室

注:①《国风·王风·兔爰》是中国古代第一部诗歌总集《诗经》中的一首诗。"有兔爰爰"[yuán],写出了野兔儿自由自在的状貌。

② 宋·梅尧臣的咏《兔》诗,把玉兔伴月、林中仙子、狡兔三窟等关于兔的智慧都写了出来,可谓全面:迷踪在尘土,衣褐恋蓬蒿。有狡谁穷穴,中书惜拔毫。猎从原上脱,灵向月边逃。死作功勋戒,良弓合自弢。

相见欢·春晚
——观俄罗斯春晚感

俄罗斯春晚红,
中国风。
西伯利亚客为主、
兔绒绒。

汉人戏,
华人剧,
乐无穷。
中俄近乎未改、
相向行。

——2023 年 1 月 23 日大年初二于陋室

少年游 · 兔年初四在老师育和家聚

雅风景园度新年，
祈神返人间。①
白发斟茶，
欢肴美酒，
诗兴漫如天。

肉香清豆汤圆灿，
围聚乐无边。
对饮师生，
暖暄相赠，
肝胆谊深牵。

——2023年1月25日大年初四于景园朱老师家

注：① "祈神返人间"句，民间习俗认为，大年初四乃诸神从天界重返人间，我们翘首以盼。

复　吸
——立春之日谨此献给广大复吸者[①]

我有金丝谁有火，
打开方盒精神妥。
复吸气象万千开，
一缕香雾把喉锁。

人生如烟世事叵，
旺衰生灭皆因果。
滚滚红尘名利客，
梦中何求争人我。

先吸三支来提气，
立春杨柳东风左。
潇洒吞云赛神仙，
莫管明儿牛与矬。

——2023 年 2 月 4 日农历立春于陋室

注：① 于立春日发表复吸诗，意在体现：春风得意马蹄疾，戒烟百日我复吸。此乃人生两大喜：中榜，复吸也。

踏莎行 · 元宵节

元意开端，
宵初月漫。
流光溢彩花灯晚。
汤圆夜色煮新春，
寻钟佳句嚼诗段。

百忆思贤，
理过不乱。
月圆人缺谁相伴。
平生塞北娶江南，
儿能绕膝才祥满。①

——2023年2月5日正月十五于清华园

注：① 这辈子娶了江南人为妻算是远娶得贵子。然，儿子却更远，大洋彼岸人杳杳，在这月满人圆的日子，不免于思儿切切……

临江仙·十五月亮十六圆
——记 2023 年正定招商大会

商贾云集华殿,
荟萃襄举金盅。
笑声欢聚恰春融。
叙磋谋发展,
相诺合作盟。

记得子龙故里,
榜居北地三雄。[①]
龙兴之地今相逢。
齐心开拓走,
慨慷燕赵风。

——2023 年 2 月 6 日于正定

注:① 正定古称真定,属常山郡,乃三国名将赵子龙故里,因地理雄峻又被称为"北方三雄"之一。

七绝·手擀面
——记阳春开工好吃面

初春万木仍料峭,
开工来客却良宵。
酱料溢香心里美,
嫩白筋道玉面条。

——2023 年 2 月 12 日于学研大厦

扬州慢·下淮南

嫩绿新枝,公差南向,淮河揽胜闲悠。
早登车匆旅,望江左楼头。
一路漫,春冰融奉,茗园桂岭,山水相缪。
看煤都重镇,村乡田垄春鸥。

淮夷亲见,古今分,容貌芬流。
至皖北明珠,湖光璀璨,友邀来游。
我欲腰缠骑鹤,听花鼓,掼蛋方遒。
但凭栏淝水,波光三月春羞。

——2023 年 2 月 16 日于淮南

玉楼春·到寿州

梨花隐孕新春慕,
寿州府、
八公山麓。
淮南子、
久闻刘安。
道教大成文化富。

香飘华夏江淮腐,[①]
花鼓声、
湖依山伫。
遍巡游、
天南地北。
又见人间好去处。

——2023年2月18日于寿县

注：① 淮南是豆腐的发祥地，相传为淮南王刘安所发明。

鹧鸪天·春聚
——记与学校老书记老校长老学长院士及学兄学姐迎春会

天满春光花满楼,华清雅苑聚师俦。
谈经论道鸿儒趣,归咏舞雩夫子道。①

诗句雅,墨书悠,斑斓举酒兴难收。
欢情溢美依席赋,便赞东风破浪舟。②

——2023年3月2日于清华科技园

注:① 孔子在跟弟子论坛时说他的人生理想是——"暮春者,春服既成,冠者五六人,童子六七人,浴乎沂,风乎舞雩,咏而归。"解释:暮春三月,穿上春天的衣服,约上五六人,带上六七个童子,在沂水边沐浴,在高坡上吹风,一路唱着歌而回。这个句子出自《论语》的《先进篇》。此处化用来说明春天聚会的光风霁月。

曾皙的志向和抱负,在于乐其日用之常和各得其所之妙,故为孔子所赞许。从孔子认可这一社会理想上言,实是在认可老百姓自给自足的田园自由生活,体现孔子认同政治的仁政王道价值意蕴。

② 乘风破浪出自《宋书·宗悫传》,原文为:悫年少时,炳问其志,悫曰:愿乘长风破万里浪。

南乡子·春抵香港①

无马也挥鞭,
共下香江春意间。
三月南方颜色暖,
云边,
去向明珠耀大千。

芳意漾胸前,
满目繁华未肯眠。
购物九龙人第放,
翩翩,
老少三人胜似仙。②

——2023 年 3 月 5 日傍晚于香港

注:① 香港,全称中华人民共和国香港特别行政区,是全球第三大金融中心,与纽约、伦敦并称为"纽伦港",国际金融中心、国际贸易中心、国际航运中心。
② 三国魏·曹植《侍太子坐》诗:"齐人进奇乐,歌者出西秦,翩翩我公子,机巧忽若神。"此处形容与我同行的朱老师、冯老师我们三人。

桂枝香·香江会
——记香港企业家清华大学校友联谊会

香江翠绿。
恰南下畅春，花木幽馥。
港九流光，校友清华醉聚簇。
和风丽日繁华驻，海渔街、民灿留俗。
快乐渔港，师生晚约，锦华鸿鹄。

万象东方明珠。
看闪烁霓虹，望海烟沐。
蟹戏鱼喧，正是百花蝶宿。
瑞祥九九千人笑，遍山溪、金灿蓬竹。
玉阁欢喜，群英盛会，举杯长续。

——2023年3月6日晚于香港快乐渔港

哈，老华！
——写在66岁生日给自己

又一个乍暖还凉的春天，
大道霞光，
华清水苑。
潺潺的流水诉说着光阴的情怀。
我走在通天的大道上，
斜阳斑驳，
落日晚霞，
蓦然发现，
自己已不再壮年。
哈，
多少年来朋友同事的贯称——
华老，
看来真的容颜已渐苍老。
可是，
可是，等等——我还是心怀璀璨！

六十六，
中华文化的吉数，
你可懂我此刻宁静的心澜。
你这顺利吉祥的符号，
可知我一路的劈波斩浪、

风雨在肩!
六十六,
让我的年轮又多了一圈刻痕,
就让你见证岁月给我的洗礼,
那些馈赠,
磨炼、沉淀出生命的智慧浓缩,
厚重憨然。

少时的奔波坎坷,
随父母南北辗转,
三上黄鹤望楚天。
在钟祥的土坯房、
油菜花边,
泥泞地里,
河塘沟渠,
江风稻田。
那里有我少时的顽皮、
欢乐与梦想相伴。

回返京华的日子,
五所的幼儿园、子弟小学,
其后的"五七"干校,
后又返京,
五所初中,
潞河中学里的书声琅琅

业余体校，
韶华昂扬，
理想像保尔柯察金一样。

同样热烈的还有，
上山下乡，
大稿村的广播，
总有一个声响，
激情昂扬，
北京声腔，
感染了无数的社员，
不少的村姑英郎。
那时的少年，
把初恋献给了那个火红年代和革命理想。

一九七八年的秋天，
北师大的莺飞草长，
大学里名师如云，
高楼耸端，
让我的理想插上翅膀，
开始追寻生命价值的山冈。
啊，
我亲爱的大学母校，
是你的培养、
熏陶、

激励，
让我明白了知识的博雅，
穷经皓首，
五车难载，
学无止境，
文明的火种播撒在我的心房。
一年，
十年，
三十年，
四十年，
从未改变！
自小家国情怀，
父母提耳命面。
家门忠义之风，
幸承熏陶感染。
正是：
堂上椿萱乃真佛，
朝圣何必上灵山，
沐荷深恩何以报，
唯将碧血向苍天。

也是这芳华岁月，
我收获了学问，
也收获了爱情。
忘不了那个莞尔的倩女来自江南。

与我执手相看，
便订下了终身的誓言。
我们一起抒写着岁月的年轮，
一起抚育小儿的成长。
从他的蹒跚学步，
跌跌撞撞，
到逐渐成长为少年、青年，
直到大洋彼岸，
勤学攻坚，
博士遂业，
法学追求，
有女窈窕，
喜结良缘。
我欣喜地看到，
他和我一样，
已成为一个担当的、
男子汉。
有家如此，
夫复何求？
有妇如此，
夫复何求？
有子如此，
夫复何求？
大洋虽杳共婵娟，
有家温情人间暖。

日子就这样一天天，
年复一年，
逐渐从"二哥"到"华老"称谓的改变，
彰显的是我从天真烂漫走向老成、
走向岁月深处的，
旖旎、
挣扎、
奋斗和艰难。
夫妇双教授
一硕两博士、
三口之家，
是上天的馈赠，
是人民的恩典，
永存我心的是一份珍藏的祝福，
感恩，
向着敬爱的双亲，
向着五湖四海的朋友，
向着那些深深爱过我，
也被我深深爱过的天使人间。

哈，
老华！
比起原来的称谓"华老"，
你更多了一份青铜般的沉淀。

就像你讲授的近现代历史、
文化史和美术史，
这深度融合的人类经纬展现了文明的古典。
然"眼涩夜先卧，
头慵朝未梳"的尴尬，
"懒照新磨镜，
休看小字书"般的费劲，
让我明白了，
韶华已逝如初春，
人生难得再少年。
所幸，
我心中的青春，
我心头的憧想，
仍然如少年人一样炽热和灿燃。

哈，
老华！
你何惧岁月无情如刀，
更当壮心不已。
你何惧白发如雪，
更当心如猛虎。
"老夫聊发少年狂"、
万里河山步铿锵，
"酒酣胸胆尚开张"，
嗓门雄浑似狮王。

日翻诗书三百卷，
不辞曾是东北郎。
早弃秋裤不惧冷，
廉颇斗酒又何妨。

哈，
老华！
你当感叹自己名字与天安门前的望柱一样，
大气雍然。
汉白玉的石雕，
云龙端庄，
美轮美奂。
石犼雄武，
望眼欲穿。
望君归，
当记社稷责任伟；
望君出，
当记黎民生计艰。
华表，
你是中华气度的彰显，
你是神州华夏的精神标签。
我有幸与你同名，
愿不负这盛世清平，
一往无前！

哈，
老华！
你可记得自己博士的刻苦攻读，
是为了学术探索的涅槃凤凰。
虽仍才疏学浅，
但胜在风雨如磐，
一字，
一字，
从文字到铅字，
恰如杜鹃啼血，
宵衣旰食，
多少次求师访友，
多少次受教名家，
多少次的斟酌文墨，
多少次的论道谈畅。
不变的是对国家、人民的忠诚。
心中初始，
正道沧桑，
靓亮依然。
回想我曾呕心沥血的作品，
从"百年印象"、
"人间正道"到"寻梦中国"，
从"峥嵘岁月"到"山河浩气"，
从"雄关漫道"到"祖国万岁"学生作品展，
承蒙孩子们的厚望和参与，

我们一起演绎了"赤子初心"的耿耿心丹。
我们一起从人民网走到了《焦点访谈》。

哈,老华!
今天的你,该和朋友们击掌相庆,
把酒言欢。
从"二哥"到"华老"到"老华",
请记得我历经磨砺不变,
归来仍是少年。
无论是华博士,
还是华老师,
请相信我赤诚热血,
人民常放心间。
清华园无数个寒来暑往,
那些身披的荣耀,
多次"先进工作者"、
"优秀共产党员",
是我三尺讲台的坚守,
坚持,
承载着风雨无阻为国育才的夙愿。
我更感怀的是与无数的青春男女,
结下不解的师生缘,
但愿我们长啸向天,
去留昆仑照肝胆。

哈,
老华,
今天请记得,
吃一碗长寿面,
就让它飘扬的热气、
像沸腾的吉祥、
伴随我的,
父、
母、
师、
兄、
弟、
爱人、
儿子、
儿媳、
朋友,
愿你们的幸福,
如同和我的友谊,
直到永远,永远,永远。

——2023 年 3 月 11 日生日前两天

玉楼春·到绍兴

钱塘车往东风度,
雁荡走、唐诗古路。①
繁华千载越州名,
三月里、春光不负。

平水阡陌油菜出,
富陈好、绿茗芽露。
人流如织绽江云,
柯桥驻、欢乐无数。②

——2023 年 3 月 26 日于绍兴柯桥

注:① 唐诗之路,指从钱塘江开始沿浙东运河经绍兴、上虞和浙东运河中段的曹娥江溯古代的剡溪 [shàn xī](今曹娥江及其上游新昌江)经嵊州、新昌、天台、临海、椒江以及余姚、宁波、东达东海舟山和从新昌沿剡溪经奉化溪口至宁波的具体的一条道路,这是表层含义。
② 柯桥,清华大学第一任校长罗家伦祖屋旧居所在地,位于绍兴市柯桥区。

浣溪沙·喜
——为陈波夫妇双胞胎千金百天做嘉宾感言

去岁初冬喜讯传,
玉娇双降伉俪欢。
宜琴宜梵享誉远。

可爱冰清齐赞叹。
他年英气胜木兰。
人间最美是悠然！①

——2023 年 4 月 2 日上午于丽都皇冠假日酒店

注：① "人间最美是悠然",悠然,是指姐姐小名悠悠,妹妹小名然然。

凤池吟·暮春织金洞[①]

遍览黔西，未曾歇脚，兴致热烈昂天。
向乌江左岸，神奇洞穴，远客翻千。
鬼斧奇玄，惹得万众赞声绵。
石林百态，钟门溶秀，定有神仙。

牙旗笋柱交错，地下湖漫雾，醉梦如烟。
又广寒垂幕，玉霄平壁，佛手新莲。
巨乳岩松，照圆光落满金钱。[②]
今来晚，久思环、霁味无边。

——2023年4月8日于毕节织金饭店

注：① 织金洞，位于贵州省织金县官寨苗族乡，地处乌江源流之一的六冲河南岸，距省城贵阳120公里。1980年4月旅游资源勘察队发现此洞，现为国家地质公园、国家自然遗产、国家5A级旅游景区、世界地质公园。被《中国国家地理》称其为"中国溶洞之王"。

② 织金洞迎宾厅长二百余米。由于洞口阳光照射，阳光可直射洞底；窗沿串串滴落的水珠，在阳光的照耀下，仿佛撒下千千万万个金钱，称"圆光一洞天"，又名"落钱洞"。

原副总理谷牧的"此景闻说天上有，人间哪得几回游。"中国作家协会副会长冯牧的"黄山归来不看岳，织金洞外无洞天。琅嬛胜地瑶池境，始信天宫在人间。"二牧之词被认为是绝唱。

鹧鸪天·春看百里杜鹃[①]

红照怒山郎夜西,千姿遍野径成蹊。
芳株鲜艳无双美,始信蜀帝带血啼。[②]

情未尽,数花泥。
簇枝斜岭暮春依。
古来骚客题乡怨,看尽芳容忘返期。[③]

——2023 年 4 月 7 日于毕节大方县

注:① 贵州省毕节市大方县百里杜鹃管理区,总面积 125.8 平方公里,是国家级森林公园,5A 级景区,公园内有马缨杜鹃、露珠杜鹃、团花杜鹃等 41 个品种,囊括了世界杜鹃花 5 个亚属的全部。这里被誉为"世界上最大的天然花园",享有"地球彩带、世界花园"之美誉。

② 中国古代有"望帝啼鹃"的神话传说。望帝,是传说中周朝末年蜀地的君主,名叫杜宇。后来禅位退隐,不幸国亡身死,死后魂化为鸟,暮春啼苦,至于口中流血,其声哀怨凄悲,动人肺腑,名为杜鹃。

③ 唐代诗人成彦雄写的"杜鹃花与鸟,怨艳两何赊,疑是口中血,滴成枝上花。"

李白诗云:"杨花落尽子规啼,闻道龙标过五溪。"

文天祥《金陵驿二首》:"从今却别江南路,化作啼鹃带血归。"杜鹃的啼叫又好像是说"不如归去,不如归去",它的啼叫容易触动人们的乡愁乡思。

宋代范仲淹诗云:"夜入翠烟啼,昼寻芳树飞,春山无限好,犹道不如归。"

水调歌头·到黄果树瀑布[①]

久闻蒙布趣,今日到瀑都。
夫妻乘兴,怡情携手向阳舒。
岩壑喷腾叠嶂,飞竞岫峦白练,万点共连珠。
发源当神圣,起处更高孤。

潺湲去,悬河挂,自成图。
珍珠似雪,俯仰天地泻银涂。
斗落三千丈满,春暮玲珑万卷,潭下钓光湖。
流异云千色,可谓世间殊。[②]

——2023 年 4 月 9 日于安顺豪生温泉度假酒店

注:① 黄果树大瀑布,古称白水河瀑布,亦名"黄葛墅"瀑布或"黄桷树"瀑布,因本地广泛分布着"黄葛榕"而得名。位于贵州省安顺市镇宁布依族苗族自治县。瀑布高度为 77.8 米,其中主瀑高 67 米;瀑布宽 101 米,主瀑顶宽 83.3 米。

黄果树瀑布之名始于明代旅行家徐霞客,是亚洲最大瀑布。公元 1637 年,徐霞客途经黄果树瀑布时这样描述"珠帘钩不卷,匹练挂遥峰。俱不足以拟其状也,盖余所见瀑布,高峻数倍者有之而从无此阔大者,但从其上侧身下瞰,不免神悚。"

② 此处化用毛泽东《水调歌头·游泳》最后两句"神女应无恙,当惊世界殊"。

江城子·到遵义①

高山仰止血喷胸。
祭先锋,吊诸公。
烈火当年,敌剿气汹汹。
挽救时局谁主事,争论烈,觅英雄。

胸怀锦绣看泽东。
笑谈中,指新穹。
远虑深谋,气势宛如虹。
伟大转折槐作证,革命道,向天通②

——2023 年 4 月 10 日上午于遵义市

注:① 古朴庄重的遵义会议会址纪念馆门前的门楼上悬挂着毛主席磅礴潇洒的手书"遵义会议会址"6 个金色刻字。1935 年,中国共产党在此召开了著名的"遵义会议",成为党生死攸关的转折点,所以遵义也被称为"转折之城,会议之都"。

② 楼旁一棵枝繁叶茂的槐树遵义会议时就有,当年是一棵小槐树,现在已经长成大槐树。

渔家傲 · 到娄山关①

悬壁孤峰春渐暮,太平关山,自古兵锋处。
万仞重崖听弹雨,烟痕路,千年可有厮屠杜?

史话黑神名始赋,鱼水军民,更有红军驻。②
目断苍穹归戟斧,空凝伫,雄关漫道而今步。③

——2023 年 4 月 10 日作于遵义市睿轩酒店

注:① 娄山关亦称太平关,位于遵义、桐梓两县交界处,是大娄山脉主峰,海拔 1576 米,南距遵义市 50 公里。称黔北第一险要,素有"一夫当关,万夫莫开"之说。

遵义会议以后,红军在此与王家烈黔军展开的第一场恶战,红军取得完胜,打开了中国革命的新局面。

② 唐僖宗干符三年前后,娄珊、梁关驻守于此,当时地名称黑神垭,百姓怀念与娄珊、梁关驻军的鱼水之情,遂将黑神垭更名为"娄珊关",后赋之为"娄山关"。1935 年 1 月和 2 月,红军两次攻占驻扎此地,再一次尽显军民情。

③ 毛泽东有诗《忆秦娥 · 娄山关》:"西风烈,长空雁叫霜晨月。霜晨月,马蹄声碎,喇叭声咽。雄关漫道真如铁,而今迈步从头越。从头越,苍山如海,残阳如血。",我此处化用。

唐多令·董酒①

董酒漫神州，经川融汇流。
孕瑶浆，美誉历春秋。
绵雅董香传四海，机密久，配方幽。②

清澈少儿眸，天威雄士头。
品晶杯，味爽如绸。
百草药食同量韵，月中品，钿箜篌。③

——2023年4月10日作于遵义市融睿轩酒店

注：① 董酒产于贵州省遵义市汇川区董公寺镇，是中国老八大名酒，贵州省仅有的两大国家名酒之一（另一为茅台）。

② 2008年8月由国家主管部门正式确定董酒是国内"董香型"白酒的典型代表。

其生产工艺和配方在当今世界上独一无二，在蒸馏酒行业中独树一帜。1983年，董酒工艺和配方被列为"国家机密"；1994年，董酒工艺和配方被重申为"国家秘密"；2006年，董酒工艺和配方被重申为永久"国家秘密"。此殊荣，在中国白酒企业中，绝无仅有。

③ 化用唐朝诗人李商隐《代赠》"虽同锦步障，独映钿箜篌"。钿，镶嵌宝石金属等首饰；箜篌 [kōng hóu]，古代传统乐器，历史悠久、音域宽广、音色柔美，表现力强。

鹧鸪天·到茅台镇①

神往心催车快轮,仁怀自古耀清芬。
川盐赤水秦商聚,大类关山香味淳。

人好客,捧金樽,宾朋热烈共黄昏。
摔瓶巧掷谁堪壮,国酒中华第一门。②

——2023 年 4 月 12 日作于深圳皇冠假日酒店

注:① 茅台镇隶属于贵州遵义仁怀市,大类山脉西段北侧,北靠历史名城遵义。中国名酒圣地,古有"川盐走贵州,秦商聚茅台"的繁华写照。当地生产的茅台酒 1915 年在巴拿马万国博览会上荣获金奖。新中国成立后,茅台酒以红色使者的身份游弋于中国外交,可谓"琼浆天香数千年,中华开国第一酒"。
② 感叹茅台人好客,讲义气,耿直,热情。
国酒门,出入茅台镇的门户,位于盐津河大桥的东端,为中国古典城楼式建筑,两侧各立一根华表,一殿二亭四重檐,整个建筑高大气派,庄重华丽,象征着国酒茅台源远流长的历史和享誉海内外高贵典雅的气质。
1915 年,茅台酒在美国旧金山召开的"一九一五巴拿马国际博览会"上一举夺得金奖,与法国白兰地、苏格兰威士忌一起被誉为世界三大蒸馏白酒,成为享誉世界的品牌。

水调歌头·到深圳①

才赏黔州景，又观鹏城新。
黄昏珠江波印，满眼物华珍。
喜看宽城净美，党校高楼绿映，探访研院勤。②
子在特区曰：遍地布金银！

想当年，罗湖口，小渔村。
福田西丽皇岗，痴怨数梅村。
更有南山沙井，岗厦西乡福永，公明治安浑。
全局换新貌，惊呼改革神。

——2023年4月14日于深圳皇冠假日酒店

注：① 深圳又名鹏城，临大鹏湾、西连珠江口、南与香港"新界"接壤，1979年建市，1980年设立经济特区。深圳创造了"深圳速度"与"深圳效益"，在经济高速发展的同时，正在努力实现社会的全面转型。近年来获得了"国家卫生城市""国家园林城市""国家环境保护模范城市""中国优秀旅游城市""全国双拥模范城"等称谓。

② 此次到深圳，赴清华大学深圳研究院考察、调研和学习。双方介绍了各自研究院的基本情况，研究院稽世山院长对研究院的未来发展做了介绍，双方就未来合作进行达成共识。总体感到深圳这方热土所焕发的勃勃生机令人震撼，未来发展磅礴无限。此次还走访了深圳市南山区委党校，同党校校长见面交流并达成了初步合作意向。之后还参观了深圳光峰科技股份有限公司国内最大民用激光产品单位。

诉衷情 · 观看话剧《春光明媚的日子》缅怀罗公家伦校长[①]

学堂话剧绎流年。
众看夜阑珊。
流觞又见春暮,心仰记高贤。

情意伟,《新潮》先,改制坚。[②]
清光明媚,赞叹新天,怀念无边。

——2023 年 4 月 20 日于清华园

注:① 罗家伦(1897 年 12 月 21 日—1969 年 12 月 25 日),祖籍浙江绍兴柯桥钱清镇江墅村。他是"五四运动"的学生领袖和命名者,中国近代著名的教育家、思想家和社会活动家。因他祖籍绍兴,故今天纪念他的话剧《春光明媚的日子》由浙江话剧院在清华大学新清华学堂首演。

② 1919 年,在陈独秀、胡适支持下,与傅斯年、徐彦之成立新潮社,出版《新潮》月刊。1928 年 8 月,罗家伦出任清华大学第一任校长。他继往开来,锐意改革,对校务有精详、长远规划,裁汰冗员,增聘教授;调整学系,招收女生,创设与各学系相关联的"科学研究所",为清华大学后来的发展创造了条件。4 月 20 日晚,我在新清华学堂观看了此话剧。

水调歌头·十堰到武汉①

才饮丹江水,又食武昌鱼。
论坛花田酒溪,专业绘蓝图。
十堰乡村欣振,喜漾武当气韵,君武八方殊。
子在山中曰:华夏得仙都。

今房县,山寨古,帝王途。
中宗灾难岁月,玉汝伴泉珠。②
木耳琼浆盛产,横贯崇林千里,山麓如房屋。
江汉共谋划,③情愫万人呼。

——2023 年 6 月 3 日于武汉

注:① 丹江口属十堰地区。另,"山麓如房屋",据说是房县名字的由来。
② 武则天称帝之后,贬其子李显为庐陵王,谪居房州(今房县),后得张柬之等帮助复位,是为中宗。中宗李显在此度过了 14 年艰难岁月,过着与民同耕的生活。
③ 此次南行,与武汉市长江新区有诸多共识,共谋乡村发现。

蟾宫曲·同行
——记我院离退休党支部与硕博学生党支部共同开展主题党日活动①

文楼老少相融,清马奔腾,教室飘红。
领悟思想,增强党性,竞建新功。

风景今番不同,深研学术无穷。
谁育情怀,强国热肠,师生邱公。②

——2023 年 6 月 8 日于清华大学四教

注:① 清华马克思主义学院开展了离退休教师与硕博学生支部联合主题党日活动。"学思想、强党性、重实践、建新功"是这次主题教育的总要求,清华大学党委书记邱勇院士也参加了此次党日活动。

② 邱公,指清华大学党委书记邱勇。他礼贤下士,在此次活动后与我交流并合影留念。

阮郎归·夏日荷花初见红
——与幼儿园发小游圆明园

荷花香渐有谁陪。
圆明园媚围。
潋滟湖景醉翁眉。
鸭双杨柳垂。

鱼戏水,
绿荷微。
船悠湖上迴。
久怀惺惜兴忘归。
独伤热浪随。①

——2023年6月16日于圆明园

注:① 打早相约今日圆明园福海划龙船,吃粽子,就肴喝酒,共度端午。一切如意,独伤热浪:今日气温40度,不得不在中午前结束。

临江仙·仲夏赴临沂

仲夏日炎端午出,
舟车劳顿沂蒙。
公差直下浚河东。①
小调哼一曲,
夕照觅飞鸿。

功名利禄趋若鹜,
莫如垂钓蓑翁。
转头车上酒三盅。②
杯中诗伴画,
逍遥对轻风。

——2023 年 6 月 26 日于临沂

注:① 浚河,位于临沂市西,临沂在浚河以东,故而有"公差直下浚河东"。
② "酒三盅",既说喝三盅酒,亦有此行三人之意。

七古·赴芜湖

昊天远客意何求,①
关关雎鸠河之洲。②
葛岭风光天地醉,
江东父老盛情酬。

渐甫水岸营利器,
海婴镜湖筑高楼。③
百年洋务今革面,④
未来中心大江留。⑤

——2023 年 7 月 3 日于芜湖

注:① 昊天,夏日之别称。
② 《诗经》开篇诗作《关雎》:"关关雎鸠,在河之洲。窈窕淑女,君子好逑。"诗中的雎鸠,也叫鸠兹鸟,而芜湖的古称是"鸠兹",鸠兹即雎鸠。雎鸠,在河之洲,说的兴许是芜湖。
③ 渐甫,李鸿章字。李鸿章19世纪末叶在芜湖江边建有机器修理厂,属洋务运动后期项目,新中国成立以后改造成中国八大造船厂之一,新中国第一艘鱼雷快艇就诞生在该厂,1958年毛主席曾到该厂视察。
海婴,吾友,此次与我同往芜湖。
④ 此次芜湖之行,是与当地政府洽谈改造芜湖老船厂项目。
⑤ 利用老船厂这一工业遗存,欲设计打造出一个"未来工业文化中心",老船厂依长江而立,故而,"未来中心大江留"。

水调歌头·到武功山

久念萍乡地,今赴武功山。
故人流年往事,前日印痕间。
谁晓东风吹老,年轮记持兰径,事事未尝眠。
任凭生华发,随性揽青山。

吾之意,君知否?
自解难。
名山览过之后,花好月更圆。
云卧眼前绿遍,甸上雨后碧然,地接水连天。
夕照袁河水,①霞绮泛舟还。②

——2023 年 7 月 10 日于武功山

注:① 袁河,又称芦水,发源于江西省武功山,是江西省芦溪县流域面积最大的河流。在该县境内流经三乡四镇后注入湘江和赣水,全长 110 多公里,流域面积 776 平方公里。

② 绮 [qǐ],本义细绫,有花纹的丝织品。引申义华丽、美丽、精美。

绮霞是指晚霞。南朝齐诗人谢朓有"余霞散成绮"的诗句,描写了春江晚霞的绚丽景象。因此,绮霞可以被理解为晚霞。我这里照顾本词牌平仄关系,把绮霞处理成霞绮,意为"霞"之"绮"而美,"霞"之"绮"而晚。

小重山·别萍乡

碧草香蒲荷叶塘。
武功山润旅,
任徜徉。
五天四夜享清凉。
惜诸郎,
何日再萍乡。

喝酒莫论量。
仁爱忠孝义,
诉衷肠。
站台挥别总感伤。
谁中解,
人久地天长。

——2023 年 7 月 13 日

致吾儿三十四岁生日

当光阴的年轮,
如树荫样斑驳,
当阳光的直射,
在北回归线上,
映照我心的时候。
七月流火,
三十四年前的今天,
一个婴儿呱呱坠地……

蓦然回首,
染霜的鬓发,
遥望大洋,
一声兴叹,
泛起胸中的思念、期盼,
情感是甜酸苦辣,
还有咸。
原来他,
我的儿在拨着我的心弦。

华一,
我亲爱的儿子,
如今多想你

回到我身边。
曾经安大略湖畔的多伦多，
密西西比河上的圣路易斯，
查尔斯河谷的波士顿，
繁花似锦的都市，
缤纷多彩的四季，
寒来暑往大洋穿梭，
恰似每次打点行装的远离。
我年复一年记忆中你的模样，
你变化的所有，
竟让我有些许的陌生。
仿佛北京竟已成为远乡，
让你从襁褓中、蹒跚学步，
一直成长的，
潞河之畔，
光华路边，
清华园里，
那些故事是否已渐渐淡忘。

不知多少个不眠的夜晚，
想你少时的稚气与疏狂，
想你求学的艰辛与执拗，
想你学士服的飘逸，
想你博士帽的潇洒，
想你新婚时的幸福与欢畅。

那些年在北美的辗转,
你的倔强,
让我从未感觉到你生活的流浪。
你每次的归来,
虽也有些许的疲惫和忧伤,
但更多的是坚毅和刚强。
我更想到,
你密西西比河的"回游",
乔治城法学院的换学。
这一切,
我常常在仲秋满月时,
加倍的思念且默默地祈祷和祝福。
那些深情,
跟随长长的岁月,
对你是说不尽的忐忑、揪心与怅惘⋯
当然,
更多的还是鼓舞与希望。

"非志无以立学,
非学无以广才。"
两千年前的《诫子书》,
似乎赋予你自解的内涵。①
北美四千四百七十五个日月星辰,
我没有与你相随的时光。
我却要感谢

那位漂亮、智慧和贤良的姑娘。
梅益,
是她,
在哈佛与波士顿大学,
在查尔斯河之间,
奔波,
陪伴,
让你不再单形孤影,
苦旅天涯,
飘泊外乡。

魂牵梦绕
不尽的诉说,
是我和你母亲多少个临窗的思念,
祈福与幻想。
你的母亲。
她虽不及"孟母三迁"的果决,
也没有"岳母刺字"的炽烈。②
然,
她对你无时无刻的爱,
都体现在你少时的一日三餐,
嘘寒问暖,
长大后你远行时的久久凝望,
默默思念和祈祷!

我知道你一路的求学苦旅，
一路的墨香味道，
异国他乡的磨砺，
化为奋斗中的不息。
黑夜的星光，
冥冥中引亮
我们，
遥祝共婵娟，
千里共守望。

孩子，
谢谢你的奋斗，
让我感受青春的模样。
谢谢你们年轻的爱情，
让我们执着而坚守。
这一切，
是对我和你母亲生命的延续
与弘扬。

从我和你妈的双教员，
到你夫妇的双博士，
中西合璧，
殊途同归，
不变的是，
我们自强、厚德的精神基因，

造就永恒的坚韧、和希望!

华一,
我亲爱的儿子,
自你成婚之后,
我感受到你愈加成熟、厚实,
男人的担当与气息。
欣闻你将做爸爸,
生儿育女,
开枝散叶,
我和你母亲幸福已无与伦比,
我们的祝福早已穿越大洋,
直达彼岸。

请相信我和你母亲,
我们对你,
你的妻子,
你的孩子,
永恒的爱,
如远古的传说……
舐犊情深,③
历久弥珍,
历久弥坚。

也许我们不能永远陪伴你,

在陌生已然熟识的远方，
也无法代替你，
去经历那每个男人必然经历的，
沧桑！
但我相信，
因为我的爱，
我和你母亲的爱，
让你们阅历增益，
却永不苍老、退色。
事业，
一如既往，
信仰，
坚守如初，
青春，
永远靓丽、闪光。

我们坚信，
新的生命的孕育，
新的小家的坚守，
你们的人生历程，
会让沧桑变绿，
会让时光拉长，
让快乐再次，
涂上青春的色彩。
让你们的自信铸就你们的凯旋，

用你们的辛勤写出新的华章。

我的儿子,
我的鸿鹄,
我无法赠予你物质财富,
但我期盼,
我的祝福,
我的诗语,
能给你带去生命的吉祥,
生活的阳光,
和那,
生生不息的,
梦想与希望!

——2023 年 7 月 25 日于北京

注释:① 见诸葛孔明《诫子书》。
② 为了给孩子好的学习环境,"孟母三迁"。为了激励少年男儿,岳母刺字"精忠报国"。这都是中华千百年的佳话。想来中西文化应是殊途同归。
③ 舐犊情深 [shì dú qíng shēn],像老牛舔小牛一样的深情。比喻对子女的慈爱。《后汉书·杨彪传》:"犹怀老牛舐犊之爱。"

天涯若比邻
——为挚友庆华女儿李晓婷赴美留学送行作①

十五年前的八月,
也是溽暑的夏天,
一个懵懂的少年,
我的儿,
华一同学,
在父母长者的祝福中,
心怀希望,
行囊装满,
走向大洋彼岸。

十五年后的今天,
也是八月,
溽暑的夏天,
在京津冀的大雨中,
一个如花的少女,
庆华之女,
李晓婷同学,
同样是高中毕业,
也将踏上异国求学之旅,
走向大洋彼岸……

啊,
我亲爱的孩子,
我该怎样表达,
此时对你祝福的心声。

——中华传统巍巍,
送别之诗浩瀚,
而我,
竟一时想不到合适词句,
来不负此景,
不负此情,
不负韶华之姝,
远行。

让我在脑海里,
过一下古人送别时的句子。
可否是,
"此地一为别,
孤蓬万里征"的慷慨?
可否是,
"西风渐已秋,
好去莫回头"的果决?
可否是,
"画图恰似归家梦,
万里河山寸许长"的惆怅?

又可否是,
"青山一道同风雨,
明月何曾是两乡"的共勉?

孩子,
古来聚散随缘,
飞蓬有期。
比起那份惆怅,
我还是喜欢,
"飞蓬各自远,且尽手中杯"的旷达。
也喜欢,
"别后同明月,
君应听子规"的情怀,
还喜欢,
"劝君更尽一杯酒,
西出阳关无故人"的真挚,
更喜欢,
"莫愁前路无知己,
天下谁人不识君"的豪迈。

天涯一杯酒,
古今送别情。
还是让那句经典得不能再经典的诗句,
来倾听我们的心声吧
——
"海内存知己,

天涯若比邻!"
不作儿女态,
诗向未来吟。
或许更应该是勇者前行的姿态。

禹划九州,
冀州居首。
衡水之文,
灿耀古今。
从汉代大儒董仲舒,
到孔颖达的经学易理,
从高适的大漠边关月,
到孙犁的荷花白洋淀……
皆是衡水之脉,
文化积淀,
流传深远。

丫头,
愿你此行,
古今融通,
勾画未来。
愿你,
天高任鸟,
海阔由鱼,
大洋对岸,
中西融通

弘扬国风，
展示新范吧！

——你，
时代的博雅之士，
未来可期，
定会有董仲舒的社稷家国，
孔颖达的经学易理，
高适的旷达，
孙犁的细腻，
让"莫愁前路无知己，
天下谁人不识君"永存心间，
让白洋淀的荷花永开新篇。

再见了，
我亲爱的孩子，
你可知衡水，
曾被称为"黄金十字路口"？
今天，
从衡水走出的你，
也正踏上人生的"黄金十字路口"。
那就装点行囊，
信步前行吧，
请带上我的祝福，
带着父母亲人的期望，
呼啸蓝天，

一飞九霄，
昂首阔步，
走向璀璨，
走向辉煌的明天！
走向学术的圣殿！
走向生活的大千！

再见了！
孩子，
最后道一声珍重！

愿你抵达彼岸，
开启梦想的诗篇。
而你，
和我的儿子，
华一同学就要见面结织友谊，
正如我和你父母的友谊一样，
愈久弥珍，
万寿无边！

——2023 年 8 月 3 日于京城

注：① 李庆华是我的挚友，他的女儿近期将赴美国就读大学。今天我为其一家人设宴，给李晓婷同学饯行。此刻，我也很自然的回忆起 15 年前送儿子赴北美留学离京的情景。光阴似水，流年不阻，慨然以极……

满庭芳·七夕喜得孙女①

做爷惊秋，北球同季，②喜讯来自西洋。
佳节人好，明月满华堂。
便有瑶池仙女，下界到、增益红光。③
听堂上，欢声笑言，皆道满庭芳。

吉祥，逢七巧，祝福更添，佳话绵长。
看千年传说，火凤金凰。
贺子明珠入掌，弄瓦喜，宝婴云翔。
期未来，金安莉莉，四海美名扬。④

——2023 年 8 月 22 日于京城

注：① 古人常以芬芳，芝兰比喻新生命降生。因孙女出生，故我用"满庭芳"这个词牌。

② 做爷惊秋，是说我当爷爷惊呆了秋日。北球，指北半球。

③ 我儿华一，儿媳梅益。此处"增益红光"既含儿媳名字又寓千金降生，亦化用古语"天将降大任于斯人也……增益其所不能。"

④ 小孙女英文名为"莉莉安（Lillian）我希望她以后兼通中外，美名远扬。